A TRÉGUA

Livros do autor na Coleção **L&PM** Pocket

Gracias por el fuego
A trégua

Mario Benedetti

A TRÉGUA

Tradução de Pedro Gonzaga

www.lpm.com.br

L&PM POCKET

Coleção **L&PM** Pocket, vol. 660

Título original: *La tregua*

Primeira edição na Coleção **L&PM** POCKET: janeiro de 2008

Tradução: Pedro Gonzaga
Capa: Ivan Pinheiro Machado sobre foto © Magnum Photos
Revisão: Elisângela Rosa dos Santos e Jó Saldanha

CIP-Brasil. Catalogação-na-Fonte
Sindicato Nacional dos Editores de Livros, RJ

B398t Benedetti, Mario, 1920-
A trégua / Mario Benedetti ; tradução de Pedro Gonzaga. – Porto Alegre, RS : L&PM, 2008.
168 p. – (L&PM Pocket ; v.660)

Título original: *La tregua*
ISBN 978-85-254-1702-2

1. Romance uruguaio. I. Gonzaga, Pedro. II. Título. III. Série.

07-4321. CDD: 868.993953
CDU: 821.134.2(899)-3

Rua Comendador Coruja, 314, loja 9 – Floresta – 90220-180
Porto Alegre – RS – Brasil / Fone: 51.3225.5777 – Fax: 51.3221-5380

Pedidos & Depto. comercial: vendas@lpm.com.br
Fale conosco: info@lpm.com.br
www.lpm.com.br

Impresso no Brasil
Verão de 2008

Mario Benedetti

Mario Benedetti nasceu em 14 de setembro em 1920, em Paso de los Toros, no Uruguai. Morou em Buenos Aires de 1938 a 1945. Trabalhou durante anos como jornalista, e em 1945 fez sua estréia na literatura com o livro de poemas *La víspera indeleble*. Seu primeiro livros de contos foi *Esta mañana* (1949), e, o primeiro romance, *Quién de nosotros*, foi publicado um ano mais tarde. Com *A trégua* (1960), o autor obteve renome internacional. Seguiu-se o romance *Gracias por el fuego*, de 1965. A partir de 1973, até meados da década de 80, viveu na Argentina, no Peru, em Cuba e na Espanha, devido à ditadura militar que então governava o Uruguai. Recebeu várias distinções, entre as quais o título *honoris causa* da Universidade da República, no Uruguai, e da Universidade de Alicante, na Espanha. Em 2005, Benedetti recebeu o prêmio Menéndez Pelayo. Escreveu também ensaios e peças que, junto a suas obras de outros gêneros, totalizam mais de trinta títulos. Entre seus últimos livros encontramos três de poesia, *Rincón de haikus* (1998), *El mundo que respiro* (1999) e *Insomnios y duermevelas* (2001).

Minha mão direita é uma andorinha
Minha mão esquerda é um cipreste
Minha cabeça de frente é um senhor vivo
E por trás é um senhor morto.

Vicente Huidobro

Segunda-feira, 11 de fevereiro

Faltam apenas seis meses e vinte oito dias para que eu esteja em condições de me aposentar. Deve fazer no mínimo cinco anos que mantenho este cálculo diário de quantos dias de trabalho me restam. Verdadeiramente, preciso tanto do ócio? Eu me digo que não, que não é do ócio que preciso, mas sim do direito de trabalhar naquilo que quero. Por exemplo? No jardim, quem sabe. É um ótimo descanso para os domingos, mas um descanso ativo, para contrabalançar a vida sedentária, além de uma defesa secreta para meu futuro e garantido caso de artrite. Temo, porém, que não pudesse agüentar essa função todos os dias. O violão, talvez. Acho que isso me agradaria. Mas deve ser algo desolador começar a estudar solfejo aos quarenta e nove anos. Escrever? Talvez não me saísse mal, ao menos as pessoas costumam desfrutar das minhas cartas. E no que daria isso? Imagino uma notinha bibliográfica sobre "os consideráveis valores desse novo autor à beira do cinqüentenário" e a mera possibilidade me causa repugnância. Que me sinta, ainda hoje, ingênuo e imaturo (quer dizer, somente com os defeitos da juventude e quase nenhuma de suas virtudes) não significa que eu tenha o direito de exibir essa ingenuidade e essa imaturidade. Tive uma prima solteirona que quando fazia uma sobremesa a mostrava a todos, com um sorriso melancólico e pueril que havia se aferrado aos seus lábios desde a época em que mostrava suas prendas ao namorado motociclista que depois se matou em uma de nossas tantas Curvas da Morte. Ela se vestia com correção, perfeitamente de acordo com os seus cinqüenta e três anos; nisso e no mais era discreta, equilibrada, mas aquele sorriso exigia, em contrapartida, um acompanhamento de lábios frescos, de pele vistosa, de pernas torneadas, de vinte anos. Era um gesto patético, apenas isso, um gesto que não chegava nunca a parecer ridículo, porque naquele rosto havia, além disso, bondade. Quantas palavras, só para dizer que não quero parecer patético.

Sexta-feira, 15 de fevereiro

Para que meu trabalho no escritório renda, ao menos de modo passável, tenho que me obrigar a não pensar que o ócio está relativamente próximo. Do contrário, os meus dedos se crispam e a letra arredondada com que devo escrever as rubricas principais me sai torta e sem elegância. A letra redonda é um de meus maiores prestígios como funcionário. Além disso, devo confessar, provoca-me prazer o traçado de algumas letras como o M maiúsculo e o b minúsculo, nas quais me permiti algumas inovações. O que me é menos odioso é a parte mecânica, rotineira, de meu trabalho: voltar a rever um lançamento que já reescrevi milhares de vezes, efetuar um balanço de saldos e descobrir que tudo está em ordem, que não há diferenças a procurar. Esse tipo de trabalho não me cansa, porque me permite pensar em outras coisas e até (por que não dizer isso a mim mesmo?) também sonhar. É como se eu me dividisse em dois entes díspares, contraditórios, independentes, um que sabe seu trabalho de cor, que domina ao máximo suas variantes e reviravoltas, que está sempre seguro de onde pisa, e outro sonhador e febril, frustradamente apaixonado, um sujeito triste que, apesar de tudo, teve, tem e terá vocação para a alegria, um distraído a quem não importa por onde corre a pena nem que coisas escreve a tinta azul que em oito meses ficará negra.

Em meu trabalho, o insuportável não é a rotina; é o problema novo, o pedido surpreendente dessa Diretoria fantasmagórica que se esconde atrás de atas, disposições e gratificações, a urgência com que se reclama um relatório ou um balancete ou uma previsão de verbas. Então sim, como se trata de algo além da rotina, minhas duas metades devem trabalhar no mesmo objetivo, já não posso pensar no que quero, e a fadiga se instala em minhas costas e nuca, como um emplastro poroso. Que me importa o provável lucro do item *pernos de pistão* no segundo semestre do penúltimo exercício? Que me importa o modo mais prático de conseguir o abatimento dos Gastos Gerais?

Hoje foi um dia feliz; somente rotina.

Segunda-feira, 18 de fevereiro

Nenhum de meus filhos se parece comigo. Em primeiro lugar, todos têm mais energia do que eu, parecem sempre mais decididos, não estão acostumados a duvidar. Esteban é o mais anti-social. Ainda não sei a quem se dirige seu ressentimento, mas o certo é que parece um ressentido. Creio que me respeita, mas nunca se sabe. Jaime é, talvez, o meu preferido, ainda que eu quase nunca consiga me entender com ele. Me parece sensível, me parece inteligente, mas não me parece fundamentalmente honesto. É evidente que há uma barreira entre mim e ele. Às vezes acho que me odeia, às vezes que me admira. Blanca tem, ao menos, algo em comum comigo: também é uma pessoa triste com vocação para alegre. De resto, é demasiado zelosa de sua vida privada, intransigente, incapaz de dividir comigo seus mais árduos problemas. É a que fica mais tempo em casa e talvez se sinta um pouco escrava de nossa desordem, de nossas dietas, de nossa roupa suja. Suas relações com os irmãos às vezes beiram a histeria, mas sabe se controlar e, além disso, sabe dominá-los. Talvez, no fundo, se queiram bastante bem, ainda que esse negócio de amor entre irmãos traga consigo a cota de exasperação mútua outorgada pelo costume. Não, não se parecem comigo. Nem sequer fisicamente. Esteban e Blanca têm os olhos de Isabel. Jaime herdou dela a testa e a boca. Que pensaria Isabel se pudesse vê-los hoje, preocupados, ativos, maduros? Tenho uma pergunta melhor: o que eu pensaria se pudesse ver Isabel hoje? A morte é uma experiência tediosa; para os outros, sobretudo para os outros. Eu deveria me sentir orgulhoso por ter seguido adiante, viúvo e com três filhos. Não é orgulho, porém, o que sinto, e sim cansaço. O orgulho serve para quando se tem vinte ou trinta anos. Seguir em frente com meus filhos era uma obrigação, a única maneira para que a sociedade não me enfrentasse ou lançasse o olhar inexorável que se reserva aos pais desalmados. Não havia outra solução, de modo que segui em frente. Mas tudo teve esse caráter demasiado obrigatório para que eu pudesse me sentir feliz.

Terça-feira, 19 de fevereiro

Às quatro da tarde me senti, de repente, insuportavelmente vazio. Tive que pendurar o casaco de alpaca e avisar no Departamento de Pessoal que eu precisava passar pelo Banco República para resolver aquele assunto do capital de giro. Mentira. O que eu não suportava mais era a parede em frente ao meu escritório, a horrenda parede tomada por esse enorme calendário com um mês de fevereiro dedicado a Goya. Que faz Goya nesta velha casa importadora de autopeças? Não sei o que teria me acontecido se ficasse olhando aquele calendário como um imbecil. Talvez tivesse gritado, ou tivesse iniciado uma de minhas séries habituais de espirros alérgicos, ou simplesmente submergido nas páginas organizadas do livro-razão. Porque já aprendi que meus estados de pré-estalido nem sempre conduzem a um estalido. Às vezes terminam em uma humilhação lúcida, em uma aceitação irremediável das circunstâncias e suas diversas e agravantes pressões. Me agrada, no entanto, convencer-me de que não devo permitir esses estalidos, de que os devo frear radicalmente, sob pena de perder meu equilíbrio. Saio então como saí hoje, em uma busca encarniçada por ar livre, em busca do horizonte, de quem sabe quantas coisas mais. Bem, às vezes não chego ao horizonte e me conformo em me acomodar à janela de um café e registrar a passagem de alguns bons pares de pernas.

Estou convencido de que na hora do expediente a cidade é outra. Conheço a Montevidéu dos trabalhadores, dos que entram às oito e meia e saem ao meio-dia, dos que retornam às duas e meia e se vão definitivamente às sete. Com esses rostos crispados e sudorentos, com esses passos urgentes e tropicados; com esses, travamos velho conhecimento. Mas aqui está a outra cidade, a das dondocas fresquinhas, que saem no meio da tarde, recém-banhadas, perfumadinhas, insolentes, otimistas, faceiras; a dos filhinhos mimados que se levantam ao meio-dia e às seis da tarde ainda trazem os colarinhos de tricoline importada em impecável brancura; a dos velhos que tomam o ônibus até a Aduana e regressam, sem descer, reduzindo sua módica farra ao único e reconfortante olhar com que percorrem a Cidade Velha de suas nostalgias; a das jovens mães que nunca saem à noite e entram no cinema, a culpa estampada nos rostos, por volta das cinco e meia da tarde; a das babás que denigrem as suas patroas enquanto as moscas devoram as crianças; a dos aposentados e palermas variados enfim que acreditam que ganharão o céu dando migalhas às pombas da praça. Esses são meus desconhecidos, ao menos por agora. Estão instalados de modo demasiado cômodo na vida; no entanto, eu fico neurastênico diante de um calendário em que o mês de fevereiro é consagrado a Goya.

Quinta-feira, 21 de fevereiro

Esta tarde, quando voltava do escritório, um bêbado me deteve no meio da rua. Não protestou contra o governo, nem disse que eu e ele éramos irmãos, nem tocou em nenhum dos inumeráveis temas da embriaguez universal. Era um bêbado estranho, com uma luz especial nos olhos. Me tomou pelo braço e disse, quase se apoiando em mim: "Sabe o que acontece com você? É que não vai a lugar nenhum." Outro sujeito que passava nesse instante me olhou com uma alegre dose de compreensão e até me consagrou uma piscadela de solidariedade. Mas já faz quatro horas que estou intranqüilo, como se realmente não fosse à parte alguma e somente agora me houvesse inteirado disso.

Sexta-feira, 22 de fevereiro

Quando me aposentar, creio que não escreverei mais este diário, porque então me ocorrerão muito menos coisas do que agora, e me resultará insuportável sentir-me tão vazio, além do fato de deixar disso tudo uma constância escrita. Quando me aposentar, talvez o melhor seja me abandonar ao ócio, a uma espécie de modorra compensatória, a fim de que os nervos, os músculos, a energia, comecem a relaxar aos poucos e se acostumem a uma morte pacífica. Mas não. Há momentos em que tenho e mantenho a luxuosa esperança de que o ócio seja algo pleno, rico, a última oportunidade de encontrar a mim mesmo. E isso sim valeria a pena ser anotado.

Sábado, 23 de fevereiro

Hoje almocei sozinho no Centro. Quando vinha pela Mercedes, cruzei com um homem de marrom. Primeiramente, esboçou uma saudação. Devo tê-lo olhado com curiosidade, porque o homem se deteve e, vacilante, me estendeu a mão. Não era uma cara desconhecida. Era algo assim como a caricatura de alguém que eu, em outro tempo, tivesse visto com freqüência. Apertei-lhe a mão, murmurando desculpas, e confessando de algum modo minha perplexidade. "Martín Santomé?", me perguntou, mostrando, ao sorrir, uma dentadura devastada. Claro que Martín Santomé, mas meu desconcerto era cada vez maior. "Você não lembra da rua Brandzen?" Bem, não muito. Passaram-se trinta anos do ocorrido e não sou famoso por minha memória. Naturalmente, de solteiro, vivi na rua Brandzen, mas ainda que me moessem a pau não poderia dizer como era a frente da casa, quantas sacadas tinha, que pessoas viviam ao lado. "E do café da rua Defensa?" Agora sim, a névoa se dissipou um pouco e vi, por um instante, o ventre, com o cinto largo, do galego Álvarez. "Claro, claro", exclamei iluminado. "Bem, eu sou o Mario Vignale." Mario Vignale? Não me lembro, juro que não me lembro. Mas não tive coragem para confessá-lo. O sujeito parecia tão entusiasmado com o encontro... Disse-lhe que sim, que me desculpasse, que eu era um péssimo fisionomista, que na semana passada eu havia me encontrado com um primo e não o tinha reconhecido (mentira). Naturalmente, havia que tomar um café, de modo que me arruinou a sesta sabatina. Duas horas e quinze. Obstinou-se em reconstruir pormenores, em me convencer de que havia participado da minha vida. "Me lembro até da *tortilla* de alcachofras que a sua mãe fazia. Sensacional. Eu ia sempre às onze e meia, para ver se me convidava para comer", ele disse. Então, qual era o tanto de verdade ali? "E sua mãe, está bem?" "Morreu há quinze anos." "Caralho. E seu pai?" "Morreu há dois anos em Tacuarembó. Estava parando na casa da minha tia Leonor." "Devia estar velho", completou. Claro que devia estar velho. Meu Deus, que maçada. Somente então formulou a pergunta mais lógica: "Mas, afinal, você acabou casando com a Isabel?" "Sim, e tenho três filhos", respondi, encurtando caminho. Ele tem cinco. Que sorte. "E como está Isabel? Sempre bonita?" "Morreu", eu disse, exibindo a cara mais inescrutável de meu repertório. A palavra soou como um disparo, e ele – menos mal – ficou desconcertado. Apressou-se em terminar o terceiro café e em seguida olhou o relógio. Há uma espécie de reflexo automático nisso de falar da morte e, em seguida, olhar o relógio.

Domingo, 24 de fevereiro

Não há nenhum acontecimento. O encontro com Vignale me deixou uma obsessão: recordar Isabel. Já não se trata de conseguir sua imagem através das anedotas familiares, das fotografias, de algum traço de Esteban ou de Blanca. Conheço todos os seus dados, mas não quero sabê-los de segunda mão, e sim recordá-los diretamente, vê-los com todo detalhe à minha frente tal como agora vejo meu rosto no espelho. E não consigo. Sei que tinha olhos verdes, mas não consegui me sentir em frente ao seu olhar.

Segunda-feira, 25 de fevereiro

Vejo pouco os meus filhos. Nossos horários nem sempre coincidem e menos ainda nossos planos e nossos interesses. São corretos comigo, mas como são, além disso, tremendamente reservados, sua correção parece sempre o mero cumprimento de um dever. Esteban, por exemplo, está sempre se contendo para não discutir minhas opiniões. Será a simples distância geracional o que nos separa, ou poderia eu fazer algo mais para me comunicar com eles? Em geral, vejo-os mais incrédulos do que desatinados, muito mais concentrados do que eu quando tinha a idade deles.

Hoje jantamos juntos. Fazia, provavelmente, uns dois meses que não estávamos todos presentes em uma janta familiar. Perguntei, em tom de brincadeira, que acontecimento festejávamos, mas não houve resposta. Blanca me olhou e sorriu, como para me inteirar que compreendia minhas boas intenções, e nada mais. Pus-me a registrar quais eram as escassas interrupções do consagrado silêncio. Jaime disse que a sopa estava insossa. "Ali está o sal, a dez centímetros da sua mão direita", respondeu Blanca e acrescentou, ferina: "Quer que eu passe a você?" A sopa estava mesmo insossa, é certo, mas para que aquilo tudo? Esteban informou que, a partir do próximo semestre, nosso aluguel subiria em oitenta pesos. Como todos contribuímos, a coisa não é tão grave. Jaime se pôs a ler o jornal. Me parece ofensivo que as pessoas leiam quando estão comendo com sua família, eu lhe disse. Jaime abandonou o jornal, mas foi o mesmo que se continuasse a lê-lo, já que seguiu arredio, mal-humorado. Relatei meu encontro com Vignale, tratando de pintá-lo com cores ridículas para trazer à janta um pouco de animação. Mas Jaime perguntou: "De que Vignale se trata?" "Mario Vignale." "Um cara meio careca e de bigode?", perguntou. Era ele mesmo. "Eu o conheço. Grande figura", disse Jaime, "é companheiro do Ferreira. Um crupiê dos bons." No fundo me agrada que Vignale seja um porcaria qualquer, assim não tenho escrúpulos em me livrar dele. Mas Blanca perguntou: "É verdade que se lembrava da mamãe?" Pareceu-me que Jaime ia dizer algo, acho que moveu os lábios, mas decidiu ficar calado. "Feliz dele", continuou Blanca, "pois eu não me lembro." "Eu sim", disse Esteban. Como se lembrará dela? Como eu, com recordações de recordações, ou diretamente, como quem vê a própria cara no espelho? Será possível que ele, que tinha apenas quatro anos, possua a imagem, e que a mim, em contrapartida, que tenho registradas tantas noites, tantas noites, tantas noites, não me sobre nada? Fazíamos amor de luz apagada. Eu chegava em casa cansado, cheio de problemas, talvez enfurecido com a injustiça daquela semana, daquele mês.

Às vezes fazíamos contas. Nunca conseguíamos equilibrá-las. Talvez olhássemos demasiadamente para os números, para as somas, para os saldos, e não tínhamos tempo de nos olharmos. Onde quer que ela esteja, se é que está, que lembrança terá de mim? Em suma, serve para alguma coisa a memória? "Às vezes me sinto infeliz, simplesmente por não saber do que estou sentindo falta", murmurou Blanca, enquanto repartia os pêssegos em calda. Coube três e meio para cada um de nós.

Quarta-feira, 27 de fevereiro

Hoje foram admitidos sete empregados novos no escritório: quatro homens e três mulheres. Tinham os rostos esplendidamente assustados e, de vez em quando, dirigiam aos veteranos um olhar de respeitosa inveja. Designaram-me dois rapazes (um de dezoito e outro de vinte e dois anos) e uma garota de vinte e quatro. Agora sou realmente um chefe: tenho nada menos do que seis empregados sob meu comando. Pela primeira vez, uma mulher. Sempre tive desconfiança de que elas não fossem boas com números. Além disso, outro inconveniente: durante os dias do período menstrual e até mesmo nos que os antecedem, se normalmente são atentas, ficam um pouco tontas; se normalmente são um pouco tontas, ficam de todo imbecilizadas. Esses "novos" que entraram não parecem maus. O de dezoito anos é o que me agrada menos. Tem um rosto sem força, delicado, e um olhar fugidio e, ao mesmo tempo, adulador. O outro está sempre despenteado, mas tem um aspecto simpático e (ao menos por agora) vontade evidente de trabalhar. A moça não parece ter tanta vontade, mas ao menos compreende o que alguém lhe explica; além disso, tem a testa larga e a boca grande, dois traços que em geral me causam boa impressão. Eles se chamam Alfredo Santini, Rodolfo Sierra e Laura Avellaneda. Encarregarei os rapazes dos livros de mercadoria, e a ela tomarei como Auxiliar de Resultados.

Quinta-feira, 28 de fevereiro

Esta noite conversei com uma Blanca quase desconhecida para mim. Estávamos sozinhos depois da janta. Eu lia o diário e ela jogava paciência. De pronto, ficou imobilizada, com uma carta erguida, e seu olhar era a um só tempo perdido e melancólico. Vigiei-a durante uns instantes; logo, perguntei em que pensava. Então pareceu despertar-se, dirigiu-me um olhar desolado e, sem conseguir se conter, enterrou a cabeça entre as mãos, como se não quisesse que ninguém profanasse seu pranto. Quando uma mulher chora na minha frente, me torno indefeso e, além de tudo, incapaz de reagir. Desespero-me, não sei como remediá-lo. Desta vez segui um impulso natural, me levantei, me aproximei dela e comecei a lhe acariciar a cabeça, sem pronunciar nenhuma palavra. Aos poucos foi se acalmando e as convulsões provocadas pelo choro foram se tornando menos freqüentes. Quando por fim baixou as mãos, com a metade limpa de meu lenço lhe sequei os olhos e lhe limpei o nariz. Nesse momento não parecia uma mulher de vinte e três anos, mas sim uma menininha, momentaneamente infeliz porque uma de suas bonecas se havia estropiado, ou porque não a levavam ao zoológico. Perguntei-lhe se ela se sentia infeliz e respondeu que sim. Perguntei-lhe o motivo e me disse que não sabia. Não achei aquilo demasiado estranho. Eu mesmo me sinto assim às vezes, sem um motivo concreto. Contrariando minha própria experiência, disse: "Oh, alguma coisa há. Não se chora por nada." Então começou a falar atropeladamente, impulsionada por um desejo repentino de franqueza: "Tenho a horrível sensação de que o tempo passa e eu não faço nada, que nada acontece, que nada me comove de verdade. Olho para Esteban e olho para Jaime e estou convencida de que eles também se sentem infelizes. Às vezes (não se sinta mal, papai) também olho para você e penso que não queria chegar aos cinqüenta anos e ter a sua têmpera, o seu equilíbrio, simplesmente porque os acho rasos, gastos. Me sinto com uma grande disponibilidade de energia, e não sei no que empregá-la, não sei o que fazer com ela. Creio que você se resignou a ser opaco, e isso me parece horrível, porque eu sei que você não é opaco. Ao menos, que não era." Respondi-lhe (que outra coisa poderia lhe dizer?) que tinha razão, que tinha feito o possível para sair de nossa condição, de nossa órbita, que me agradava muito ouvi-la gritar essa inconformidade, que me parecia estar escutando meu próprio grito, de há muitos anos. Então sorriu, disse que eu era um ótimo pai e me envolveu o pescoço com os braços, como antes. É ainda uma menininha.

Sexta-feira, 1° de março

O gerente chamou os cinco chefes de seção. Durante três quartos de hora nos falou do baixo rendimento do pessoal. Disse que a Diretoria fizera chegar até ele uma observação nesse sentido e que no futuro não estava disposto a tolerar que, por causa de nossa desídia (como gosta de destacar desídia), sua posição se visse gratuitamente afetada. Portanto, de agora em diante, etc., etc.

O que será que chamam de "baixo rendimento do pessoal" eu não saberia dizer, sei apenas que minha gente trabalha. E não somente os novos, mas os veteranos também. É certo que Méndez lê novelas policiais que acomoda habilmente na gaveta central de sua escrivaninha, de modo que sua mão direita empunha uma caneta sempre atenta à possível entrada de algum superior. É certo que Muñoz aproveita suas saídas até o Imposto de Renda para roubar da empresa vinte minutos de ócio diante de uma cerveja. É certo que Robledo, quando vai ao banheiro (exatamente às dez e quinze), leva escondido debaixo do guarda-pó o suplemento colorido ou a página de esportes. Mas também é certo que o trabalho sempre está em dia e que nas horas em que o trâmite aperta e a bandeja aérea do Caixa viaja sem cessar, repleta de boletos, todos se afanam e trabalham com verdadeiro sentido de equipe. Em sua reduzida especialidade, cada um é um *expert*, e posso confiar plenamente que as coisas estão indo bem.

Na realidade, sei muito bem a quem se dirigia a carraspana do gerente. A "Expedição" trabalha sem vontade e, além disso, executa mal sua tarefa. Todos sabíamos que a arenga de hoje era para Suárez, mas então por que chamar a nós todos? Que direito tem Suárez para que dividamos com ele sua culpa exclusiva? Será que o gerente sabe, como todos nós, que Suárez vai para a cama com a filha do presidente? Não está nada mal a Lidia Valverde.

Sábado, 2 de março

Na noite passada, depois de trinta anos, voltei a sonhar com meus encapuzados. Quando eu tinha quatro anos ou talvez menos, comer era um pesadelo. Então minha avó inventou um método realmente original para que eu tragasse sem maiores problemas a batata amassada. Ela vestia uma enorme capa impermeável de meu tio, colocava o capuz e uns óculos escuros. Com esse aspecto, para mim aterrorizante, vinha golpear em minha janela. A empregada, minha mãe, alguma tia, diziam então em coro: "Aí está dom Policarpo!" Dom Policarpo era uma espécie de monstro que castigava as crianças que não comiam. Cravado em meu próprio terror, o resto de minhas forças só era suficiente para mover minhas mandíbulas a uma velocidade incrível e acabar dessa maneira com o purê insosso e abundante. Era cômodo para todos. Ameaçar-me com dom Policarpo era equivalente a apertar um botão quase mágico. Por fim havia se convertido em uma famosa diversão. Quando chegava uma visita, levavam-na até o meu quarto para que assistisse aos graciosos pormenores de meu pânico. É curioso como às vezes se pode chegar a ser tão inocentemente cruel. Porque, além do susto, estavam minhas noites, minhas noites cheias de encapuzados silenciosos, estranha espécie de Policarpos que estavam sempre de costas, envoltos em uma espessa bruma. Sempre apareciam enfileirados, como que esperando sua vez para ingressar em meu medo. Nunca pronunciavam palavra alguma, mas se moviam pesadamente em uma espécie de intermitente balançar, arrastando suas túnicas negras, todas iguais, já que nisso havia se transformado o impermeável do meu tio. Era curioso: em meu sonho sentia menos horror do que acordado. E, à medida que passavam os anos, o medo se ia convertendo em fascinação. Com esse olhar absorto que alguém costuma ter por debaixo das pálpebras do sono, eu assistia como que hipnotizado à cíclica cena. Às vezes, sonhando outro sonho qualquer, eu tinha uma vaga consciência de que teria preferido sonhar meus Policarpos. E uma noite vieram pela última vez. Enfileiraram-se, balançaram-se, ficaram em silêncio e, como de costume, se esfumaçaram. Durante muitos anos dormi com um inevitável mal-estar, com uma sensação quase enferma de espera. Às vezes, dormia decidido a encontrá-los, mas só conseguia criar a bruma e, em raras ocasiões, sentir as palpitações de meu antigo medo. Só isso. Depois fui perdendo também essa esperança e cheguei insensivelmente à época em que comecei a contar aos estranhos o fácil argumento de meu sonho. Cheguei inclusive a esquecê-lo. Até ontem à noite. Ontem, quando estava no âmago de um sonho mais vulgar que pecaminoso, todas as imagens se borraram e apareceu a bruma, e no meio da bruma, todos os meus Policarpos. Sei que me senti, de um modo indescritível, feliz e horrorizado. Ainda agora, se me esforço um pouco, posso reconstruir algo daquela emoção. Os Policarpos, os indeformáveis, eternos, inócuos Policarpos de minha infância, se balançaram e, de pronto, fizeram algo totalmente imprevisto. Pela primeira vez descreveram uma volta, por um momento apenas, e todos eles tinham o rosto da minha avó.

Terça-feira, 12 de março

É bom ter uma funcionária que seja inteligente. Hoje, para testar Avellaneda, expliquei-lhe, de uma só vez, tudo o que dizia respeito à Contabilidade. Enquanto eu falava, ela foi fazendo anotações. Quando concluí, ela disse: "Veja, senhor, creio que entendi bastante coisa, mas tenho dúvidas sobre alguns pontos". Dúvidas sobre alguns pontos... Méndez, que se ocupava da função antes dela, precisou de nada menos que quatro anos para dissipá-las... Depois a coloquei para trabalhar na mesa que está à minha direita. De vez em quando, lançava-lhe um olhar. Tem pernas lindas. Ainda não trabalha com automatismo, o que faz com que se canse. Além disso, é inquieta, nervosa. Creio que minha posição hierárquica (pobre iniciante) a coíbe um pouco. Quando diz "Senhor Santomé", sempre pestaneja. Não é uma preciosidade. Bem, sorri de modo passável. Alguma coisa já é alguma coisa.

Quarta-feira, 13 de março

Esta tarde, quando cheguei do Centro, Jaime e Esteban estavam gritando na cozinha. Consegui ouvir que Esteban dizia algo sobre "os seus amigos podres". Quando perceberam meus passos, calaram-se e trataram de falar entre si com naturalidade. Jaime, porém, tinha os lábios apertados e Esteban os olhos brilhantes. "O que está acontecendo?", perguntei. Jaime encolheu os ombros, e o outro disse: "Nada que te interesse." Que vontade de lhe acertar uma porrada na boca. Esse é meu filho, esse rosto duro, que nada nem ninguém jamais abrandará. Nada que te interesse. Fui até a geladeira e peguei uma garrafa de leite e a manteiga. Me senti indigno, sufocado. Não era possível que ele me tivesse dito: "Nada que te interesse", e eu tenha ficado tão tranqüilo, sem te fazer nada, sem te dizer nada. Servi-me um copo grande. Não era possível que ele tivesse gritado comigo utilizando o mesmo tom que eu deveria ter utilizado com ele e que, apesar de tudo, não utilizei. Nada que me interesse. Cada gole de leite me doía nas têmporas. De súbito, dei meia-volta e o tomei por um braço. "Mais respeito com teu pai, entendeu? Mais respeito." Era uma idiotice te dizer isso agora, quando já havia passado o momento. O braço estava tenso, duro, como se repentinamente se houvesse convertido em aço. Ou em chumbo. Doeu-me a nuca quando levantei a cabeça para olhá-lo nos olhos. Era o mínimo que eu podia fazer. Não, ele não estava assustado. Simplesmente sacudiu o braço até se soltar, suas narinas se moveram, e ele disse: "Quando você vai crescer?" e se foi, batendo a porta. Eu não devia estar com uma cara muito serena quando dei meia-volta para enfrentar Jaime. Ele seguia recostado na parede. Sorriu com espontaneidade e apenas comentou: "Que cara esquentado, velho, que cara esquentado!" É incrível, mas nesse exato instante senti que minha raiva se arrefecia. "É que seu irmão também...", eu disse, sem convicção. "Deixa ele", respondeu, "a esta altura nenhum de nós tem mais remédio."

Sexta-feira, 15 de março

Mario Vignale foi me visitar no escritório. Quer que eu vá a sua casa na semana que vem. Diz que encontrou fotos antigas em que nós todos aparecemos. O grande cretino não as trouxe consigo. Desde já, constituem o preço de minha aceitação. Aceitei, claro. Quem não se sente atraído pelo próprio passado?

Sábado, 16 de março

Esta manhã, um dos novos – Santini – resolveu se abrir comigo. Não sei o que há em meu rosto que sempre convida à confidência. Olham-me e me sorriem, alguns chegam até a fazer os trejeitos que precedem o suspiro; depois se dedicam a abrir seu coração. E, francamente, há corações que não me atraem. É inacreditável a cômoda impudicícia, o tom de mistério com que algumas pessoas confessam seus próprios segredos. "Porque eu sou órfão, o senhor sabe?", ele disse logo de cara para abusar de minha piedade. "Muito bem, e eu viúvo", respondi-lhe com um gesto formal, destinado a destruir aquela palhaçada. Mas minha viuvez o comove muito menos do que sua própria orfandade. “Tenho uma irmãzinha, sabe?” Enquanto ele falava, de pé junto à minha escrivaninha, tamborilava os dedos, frágeis e delgados, sobre a capa do meu livro diário. “Você não pode deixar essa mão parada?”, gritei-lhe, mas ele sorriu docemente antes de obedecer. Leva no pulso uma corrente de ouro, com uma medalhinha. “Minha irmãzinha tem dezessete anos, sabe?” O “sabe?” é uma espécie de tique. “Não me diga? E ela vai bem?” Era minha desesperada defesa antes que se rompessem os diques de seu último remedo de escrúpulos e eu me visse definitivamente inundado por sua vida íntima. “Você não me leva a sério”, ele disse, apertando os lábios, e foi, muito ofendido, para sua mesa. Está longe de trabalhar rápido. Levou duas horas para me fazer o resumo de fevereiro.

Domingo, 17 de março

Se alguma vez me suicidar, será em um domingo. É o dia mais desalentador, o mais insosso. Gostaria de ficar na cama até tarde, ao menos até as nove ou dez, mas me acordo sozinho às seis e meia e já não consigo pregar os olhos. Às vezes penso no que farei quando minha vida toda for um domingo. Quem sabe, talvez me acostume a despertar às dez. Fui almoçar no Centro, porque os meninos foram passar o fim de semana fora, cada um para o seu lado. Comi sozinho. Não me senti sequer capaz de entabular com o garçom o recorrente e tradicional intercâmbio de opiniões sobre o calor e os turistas. Duas mesas adiante, havia outro solitário. Tinha o cenho franzido, partia os pãezinhos com golpes duros. Duas ou três vezes o olhei, e em uma oportunidade nossos olhares se cruzaram. Creio ter visto ódio ali. O que haveria para ele em meus olhos? Deve ser uma regra geral que nós, solitários, não simpatizemos uns com os outros. Ou será que simplesmente somos antipáticos?

Voltei para casa, tirei uma sesta e me levantei pesado, de mau humor. Tomei alguns mates e me cansou o amargor da bebida. Então me vesti e fui outra vez para o Centro. Desta vez me meti em um café; consegui uma mesa junto à janela. Em um lapso de uma hora e quinze minutos, passaram exatamente trinta e cinco mulheres interessantes. Para me entreter, fiz uma estatística sobre o que me agradava mais em cada uma delas. Registrei os dados em um guardanapo de papel. Eis o resultado. De duas, agradou-me mais o rosto; de quatro, o cabelo; de seis, o busto; de oito, as pernas; de quinze, o traseiro. Ampla vitória dos traseiros.

Segunda-feira, 18 de março

Na noite passada, Esteban voltou à meia-noite, Jaime à meia-noite e meia, Blanca à uma. Percebi os sons de todos, recolhi minuciosamente cada ruído, cada passo, cada palavrinha murmurada. Creio que Jaime chegou um pouco embriagado. Ao menos, tropeçava nos móveis e manteve aberta, por cerca de meia hora, a torneira do lavabo. No entanto, quem dizia palavrões era Esteban, que nunca bebe. Quando Blanca chegou, Esteban, de seu quarto, lhe disse algo, e ela lhe respondeu que fosse cuidar de suas coisas. Depois, o silêncio. Três horas de silêncio. A insônia é a praga dos meus fins de semana. Quando me aposentar, será que voltarei a dormir?

Esta manhã falei somente com Blanca. Disse que não me agradava que ela chegasse a altas horas. Ela não é insolente, de modo que não merecia que eu a repreendesse. Acima de tudo, porém, está o dever, o dever de pai e mãe. Eu teria que ser os dois de uma só vez, mas creio que não sou nada. Senti que passava dos limites quando me ouvi perguntar-lhe em tom admoestatório: "O que você andou fazendo? Aonde foi?" Ela, então, enquanto passava manteiga na torrada, me respondeu: "Por que você se sente obrigado a fazer papel de mau? Há duas coisas de que estamos certos: que temos carinho um pelo outro e que não estou fazendo nada de errado." Estava derrotado. Apesar disso, acrescentei, ainda que fosse apenas para salvar as aparências: "Tudo depende do que você entende por certo ou errado".

Terça-feira, 19 de março

Trabalhei toda a tarde com Avellaneda. Busca de diferenças. A atividade mais aborrecida que existe. Sete centésimos. Mas na realidade se compunha de duas diferenças contrárias: uma de dezoito centésimos e outra de vinte e cinco. A pobrezinha ainda não pegou bem o espírito da coisa. Em um trabalho de estrito automatismo, como este, ela se cansa como em qualquer outro que a force a pensar e a buscar soluções próprias. Já estou tão acostumado a essas buscas, que às vezes as prefiro a outro tipo de trabalho. Hoje, por exemplo, enquanto ela me cantava os números e eu marcava a fita da máquina de somar, exercitei-me na contagem das pintas que ela tem em seu antebraço esquerdo. Dividem-se em duas categorias: cinco pintas pequenas e três pintas grandes, uma das quais se avulta um pouquinho. Quando terminou de me cantar o mês de novembro, disse a ela, só para ver como reagia: "Trate de cauterizar essa pinta. Geralmente não acontece nada, mas de cada cem casos, um pode ser perigoso." Enrubesceu e não sabia onde pôr o braço. Disse-me: "Obrigada, senhor", mas continuou a me ditar, terrivelmente incomodada. Quando chegamos a janeiro, eu comecei a ditar, e ela fazia as marcações. Em um determinado instante, tive a consciência de que alguma coisa estranha estava acontecendo e ergui os olhos na metade de uma cifra. Ela estava olhando a minha mão. Em busca de pintas? Talvez. Sorri e outra vez ela morreu de vergonha. Pobre Avellaneda. Não sabe que sou a correção em pessoa e que jamais, jamais mesmo, teria um caso com uma de minhas funcionárias.

Quinta-feira, 21 de março

Jantar em companhia de Vignale. Ele tem uma casa asfixiante, escura, carregada. No living há duas poltronas, de um estilo internacional indefinido, que, na realidade, parecem dois anões peludos. Deixei-me cair em uma delas. Do assento subia um calor que me chegava até o peito. Veio me receber uma cadelinha desbotada, com cara de solteirona. Olhou-me sem me farejar, logo se encheu de medo e cometeu o clássico delito de lesa-tapete. A mancha ficou ali, sobre uma cabeça de pavão real, que era a vedete naquele desenho bastante espantoso. Mas havia tantas manchas no tapete que, por fim, alguém podia chegar a crer que formavam parte da decoração.

A família de Vignale é numerosa, retumbante, pesada. Inclui sua mulher, sua sogra, seu sogro, seu cunhado, seu concunhado e "o horror dos horrores" seus cinco filhos. Estes poderiam ser definidos aproximadamente como pequenos monstros. Nos aspectos físicos são normais, demasiado normais, corados e sadios. Sua monstruosidade reside em seu comportamento inoportuno. O mais velho tem treze anos (Vignale se casou já maduro) e o caçula seis. Movem-se constantemente, constantemente fazem barulho, constantemente discutem aos gritos. Tem-se a sensação de que de que eles estão subindo por suas costas, pelos ombros, que sempre estão a ponto de meter os dedos em suas orelhas ou lhe arrancar os cabelos. Nunca chegam a tanto, mas o efeito é o mesmo, e tem-se a consciência de que na casa de Vignale se está à mercê dessa matilha. Os adultos da família se refugiaram em uma invejável atitude de resignação, que não exclui bofetadas perdidas que de repente cruzam o ar e se fazem sentir no nariz, na testa, no olho de um daqueles anjinhos. O método da mãe, por exemplo, poderia ser assim definido: tolerar toda atitude e insolência da criança que incomode os outros, incluindo aí as visitas, mas castigar todo gesto ou palavra dessa mesma criança caso esta a incomode pessoalmente. O ponto culminante do jantar se deu na hora da sobremesa. Um dos meninos quis deixar evidente que o arroz-de-leite não lhe agradava. O testemunho desse fato consistiu em virar integralmente sua porção sobre as calças do caçula. O gesto foi festejado com um ruído generoso, e o pranto do prejudicado superou todas as minhas expectativas, superando qualquer possibilidade de descrição.

Depois da janta, as crianças desapareceram, não sei se dispostas a ir para a cama ou a preparar um coquetel de veneno para amanhã bem cedo. "Essas crianças!", comentou a sogra de Vignale, "o problema é que estão cheias de vida." "A infância é isso: vida pura", foi a adequada conclusão do genro. Respondendo a uma inexistente averiguação de minha parte, a concunhada me informou: "Nós não temos filhos". "E já estamos casados há sete anos", disse o marido com uma risadinha aparentemente maliciosa. "Eu, por mim, queria", esclareceu a mulher, "mas esse aí se compraz em evitá-los." Foi Vignale quem nos resgatou a todos de semelhante divagação ginecológica e contraceptiva para se referir ao que constituía a atração máxima daquela noite: a exibição das célebres fotos de museu. Ele as guardava em um envelope verde, fabricado de modo caseiro com papel de embrulho, sobre o qual havia escrito com letras de forma: "Fotografias de Martín Santomé". Evidentemente, o envelope era velho, mas a legenda bastante recente. Na primeira foto apareciam quatro pessoas em frente à casa da rua Brandzen. Não foi necessário que Vignale me dissesse nada: ao ver a fotografia, minha memória pareceu se sacudir e acusou o golpe daquela imagem amarelada que havia sido sépia. Os que estavam junto à porta eram minha mãe, uma vizinha que depois foi morar na Espanha, meu pai e eu. Meu aspecto era incrivelmente deselegante e ridículo. "Esta foto, foi você quem tirou?" perguntei a Vignale. "Está louco? Nunca tive coragem de empunhar uma máquina fotográfica ou um revólver. Esta foto é do Falero. Você se lembra do Falero?" Vagamente. Por exemplo, que o pai tinha uma livraria e que ele lhe roubava revistas pornográficas, preocupando-se em logo divulgar entre nós esse aspecto fundamental da cultura francesa. "Olhe esta outra", disse Vignale, ansioso. Eu estava ali também, junto ao *Adoquín*[1]. O *Adoquín* (disso me lembro) era um imbecil que sempre fazia questão de andar com a gente, saudava todas as nossas piadas, mesmo as mais sem graça, e não nos largava nunca.

Não conseguia me lembrar de seu nome, mas estava certo de que era o *Adoquín*. A mesma expressão aparva-

1. *Adoquín*, em português, paralelepípedo. Em espanhol, utiliza-se também para designar uma pessoa torpe, ignorante. (N.T.)

lhada, a mesma carne fofa, o mesmo cabelo engomado. Soltei uma risada, uma de minhas melhores risadas deste ano. "Do que você está rindo?", perguntou Vignale. "Do *Adoquín*. Veja só que figura." Então Vignale baixou os olhos, percorreu envergonhado os rostos de sua mulher, de seus sogros, de seu cunhado, de sua concunhada, e logo disse com voz rouca: "Pensei que você não se lembrasse mais desse apelido. Nunca gostei que me chamassem assim." Aquilo me pegou totalmente de surpresa. Não soube o que fazer nem o que dizer. Então Mario Vignale e o *Adoquín* eram a mesma pessoa? Olhei-o, voltei mais uma vez a encará-lo e confirmei que ele era estúpido, chato e aparvalhado. Mas evidentemente se tratava de outra estupidez, de outra chatice, de outra parvoíce. Não eram as do *Adoquín* daquele tempo, que ainda iriam se realizar. Agora adquiriam um não sei quê de irremediáveis. Creio que balbuciei: "Mas, veja, ninguém lhe dizia aquilo com má intenção. Você se lembra que chamavam o Prado de *Coelho*?" "Quem dera tivessem me chamado de *Coelho*", disse, em um tom compungido, o Adoquín Vignale. E não olhamos mais fotografias.

Sexta-feira, 22 de março

Corri vinte metros para alcançar o ônibus e quase morri. Quando me sentei, pensei que ia desmaiar. Na função de tirar o casaco, de abrir o colarinho da camisa e movimentar-me um pouco para respirar melhor, rocei duas ou três vezes o braço de minha companheira de assento. Era um braço tíbio, não demasiadamente magro. No roçar, senti o contato felpudo dos pêlos, mas não conseguia identificar se essa sensação era provocada pelo contato com os meus pêlos, com os dela ou com os de ambos. Abri o jornal e comecei a ler. Ela, por sua vez, lia um folheto turístico sobre a Áustria. Aos poucos fui respirando melhor, mas fiquei com palpitações ainda por uns quinze minutos. Seu braço se moveu três ou quatro vezes, mas não parecia querer se separar totalmente do meu. Avançava e regressava. Às vezes, o contato se limitava a uma tênue sensação de proximidade no extremo de meus pêlos. Olhei várias vezes para a rua e de passagem fixei-me nela. Rosto anguloso, lábios finos, cabelo comprido, pouca pintura, mãos largas, não muito expressivas. De repente, o folheto escapou de seus dedos e eu me agachei para juntá-lo. Naturalmente, dei uma olhada nas pernas. Passáveis, com um pequeno curativo no tornozelo. Não disse nem obrigado. Na altura de Sierra, começou seus preparativos para descer. Guardou o folheto, arrumou os cabelos, fechou a bolsa e pediu licença. "Eu desço também", eu disse, obedecendo a uma inspiração. Ela começou a caminhar rápido por Pablo de María, mas em quatro pernadas a alcancei. Caminhamos um junto ao outro durante uma quadra e meia. Eu ainda estava formando mentalmente minha frase inicial de abordagem, quando ela voltou sua cabeça em minha direção e disse: "Se vai falar comigo, se decida".

Domingo, 24 de março

Pensando bem, que situação estranha a de sexta-feira. Não trocamos nossos nomes nem telefones nem nada pessoal. Ainda assim, juraria que para esta mulher o sexo não é um gênero de primeira necessidade. Parecia, antes de tudo, exasperada por algo, como se, ao se entregar a mim, executasse sua curiosa vingança contra não sei quem. Devo confessar que é a primeira vez que conquisto uma mulher somente com um roçar de braço e, também, a primeira vez que, em um motel, uma mulher se despe tão rápido e em plena luz. O agressivo desembaraço com que se estendeu na cama provava o quê? Esforçava-se tanto por evidenciar sua nudez total que estive a ponto de acreditar que era a primeira vez que se encontrava pelada na frente de um homem. Mas já não era nova. E com sua cara séria, sua boca sem pintura, suas mãos inexpressivas, se arrumou, apesar disso, para desfrutar. No momento que considerou oportuno, suplicou para que eu lhe dissesse palavrões. Não é minha especialidade, mas creio que a deixei satisfeita.

Segunda-feira, 25 de março

Emprego público para Esteban. É o resultado de seu trabalho no clube. Não sei se me alegro com essa nomeação para chefe. Ele, que vem de fora, passa por cima de todos os que agora serão seus subordinados. Imagino que transformarão a vida dele em um inferno. E com razão.

Quarta-feira, 27 de março

Hoje fiquei até as onze da noite no escritório. Um favor a pedido do gerente. Chamou-me às seis e quinze para me dizer que precisava dessa porcaria para a primeira hora de amanhã. Era um trabalho para três pessoas. Avellaneda, pobrezinha, ofereceu-se para ficar. Mas tive pena.

Também ficaram três na Expedição. Na realidade, era apenas o verdadeiramente necessário. Mas, claro, o gerente não ia dar trabalho extra ao macho da Valverde sem amenizar-lhe o castigo com o trabalho extra de algum inocente. Desta vez o inocente fui eu. Paciência. Estou desejando que a Valverde canse desse cafetão.

Fico horrivelmente deprimido por trabalhar fora de hora. O escritório em total silêncio, sem público, com as escrivaninhas sujas, cheias de pastas e arquivos. O conjunto dá uma impressão de amontoado de lixo, de desperdício. E no meio desse silêncio e dessa escuridão, três sujeitos aqui e três acolá, trabalhando sem vontade, arrastando o cansaço das oito horas anteriores.

Robledo e Santini me ditavam as cifras, eu escrevia à máquina. Às oito da noite, começou a me doer as costas, próximo ao ombro esquerdo. Às nove, a dor pouco me importava; eu seguia escrevendo como um autômato as roucas cifras que eles me ditavam. Quando terminamos, ninguém falou. Os funcionários da Expedição já haviam ido. Fomos os três até a Plaza, paguei-lhes um café no balcão do Sorocabana e nos dissemos tchau. Creio que guardaram um certo rancor de mim por tê-los escolhido.

Quinta-feira, 28 de março

Falei longamente com Esteban. Expus a ele as minhas dúvidas sobre a justiça de sua nomeação. Não pretendia que ele renunciasse; por Deus, sei que isso já não cabe. Simplesmente gostaria de tê-lo ouvido dizer que se sentia incomodado com a situação. De modo algum. "Não há nada de mais, velho, é que você segue vivendo em outra época." Foi o que me disse. "Agora ninguém mais se ofende se vem um tipo qualquer e o ultrapassa na hierarquia. E você sabe por que ninguém se ofende? Porque todos fariam o mesmo se a ocasião lhes aparecesse. Estou certo de que não me olharão com desagrado, mas sim com inveja."

Eu lhe disse... Bem, o que importa o que lhe disse?

Sexta-feira, 29 de março

Que vento asqueroso, foi um verdadeiro triunfo chegar pela Ciudadela, vindo de Colonia, até a Plaza. De uma menina o vento levantou a saia. De um padre levantou a batina. Jesus, que panoramas tão distintos. Às vezes penso o que teria ocorrido se eu houvesse me ordenado padre. Provavelmente, nada. Tenho uma frase que pronuncio quatro ou cinco vezes por ano: "Há duas profissões para as quais estou seguro de não ter a mínima vocação: militar e sacerdote". Mas creio que a digo por hábito, sem a menor convicção.

Cheguei em casa descabelado, com a garganta ardendo e os olhos cheios de terra. Lavei-me, mudei de roupa e me acomodei para tomar um mate junto à janela. Eu me senti protegido. E também profundamente egoísta. Via passar homens, mulheres, velhos, crianças, todos lutando contra o vento e agora também contra a chuva. Apesar disso, não me veio qualquer vontade de abrir a porta e chamá-los para que se abrigassem em minha casa e me acompanhassem em um mate quente. E não é que não me tenha ocorrido fazê-lo. A idéia me passou pela cabeça, mas me senti profundamente ridículo e me pus a imaginar as caras de desconcertadas das pessoas, ainda que em meio ao vento e à chuva.

O que seria de mim, no dia de hoje, se há vinte ou trinta anos me tivesse decidido me ordenar padre? Sim, já sei, o vento me levantaria a batina e ficariam a descoberto minhas calças de homem vulgar e rude. Mas e quanto ao resto? Teria ganhado ou perdido? Não teria filhos (creio que teria sido um padre sincero, cem por cento casto), não teria escritório, não teria horário, não teria aposentadoria. Teria a Deus, isso sim, e teria uma religião. Mas, por acaso, não tenho aos últimos? Francamente, não sei se acredito em Deus. Às vezes imagino que, caso Deus exista, não haveria de desagradar-lhe esta dúvida. Na realidade, os elementos que ele (ou Ele?) mesmo nos deu (raciocínio, sensibilidade, intuição) não são em absoluto suficientes como para nos dar garantia nem de sua existência nem de sua não-existência. Graças a um pressentimento, posso crer em Deus e acertar, ou não crer em Deus e também acertar. Então? Talvez Deus tenha um rosto de crupiê e eu seja apenas um pobre-diabo que joga no vermelho quando sai o preto, e vice-versa.

Sábado, 30 de março

Robledo ainda está chateado comigo, por causa das horas-extras da última quarta-feira. Pobre tipo. Segundo me contou Muñoz esta manhã, a namorada de Robledo espantosamente morre de ciúmes dele. Na quarta, tinha que se encontrar com ela às oito e, devido ao fato de eu tê-lo escolhido para ficar, não pôde ir. Avisou-a por telefone, mas não houve jeito. A outra, desconfiada, já lhe informou que não queria mais nada com ele. Diz Muñoz que o consola dizendo-lhe que é sempre melhor se inteirar desses inconvenientes antes do casamento, mas Robledo está num mau humor tremendo. Hoje o chamei e lhe expliquei que não sabia da história de sua namorada. Perguntei-lhe por que não havia me dito nada, e então me encarou com uns olhos que lançavam faíscas e murmurou: "Você bem que sabia de tudo. Já estou por aqui com essas brincadeirinhas". Suspirou forte, de puro nervosismo, e acrescentou em seguida, com um gesto amplo de decepção: "Que eles, que são uns grosseirões, me façam essas brincadeiras, posso compreender. Mas que você, um sujeito totalmente sério, se preste a ajudá-los, francamente me decepciona bastante. Nunca disse isso a você, mas sempre o tive em bom conceito." Seria um pouco violento que eu saísse em defesa de seu bom conceito sobre minha pessoa, de modo que lhe disse, sem ironia: "Veja, se for do seu interesse acredite em mim, se não paciência. Eu não sabia de nada, ponto final. E volte logo ao trabalho, se você não quer que eu também me decepcione."

Domingo, 31 de março

Esta tarde, quando saía do California, vi, para muito além do ônibus, a "mulher do cotovelo". Vinha na companhia de um sujeito corpulento, com aspecto de esportista e dois dedos de testa. Quando o sujeito ria, era como para se pôr a refletir sobre as variantes imprevistas da imbecilidade humana. Ela também sorria, lançando a cabeça para trás e se apertando contra ele, cheia de mimos. Passaram em frente a mim e ela me viu enquanto estava no meio de uma gargalhada, que não interrompeu. Eu não poderia assegurar que tenha me reconhecido. De súbito, disse ao zagueirão: "Ai, querido", e com um movimento vigoroso e coquete apoiou sua cabeça contra a gravata estampada com girafas. Depois deram a volta por Ejido. A pergunta que não quer calar: Que tem a ver esta fulana com aquela que na outra tarde se despiu em tempo recorde?

Segunda-feira, 1º de abril

Hoje me mandaram, para que eu o atendesse, ao "judeu que vem pedir trabalho". A cada dois ou três meses aparece por aqui. O gerente não sabe como se livrar dele. É um sujeito alto, sardento, de uns cinqüenta anos; fala horrivelmente o espanhol e talvez o escreva ainda pior. Sua cantilena informa sempre que sua especialidade é redigir cartas em três ou quatro idiomas, taquigrafia em alemão, contabilidade de custos. Tira do bolso uma carta em estado de absoluta deterioração, na qual o chefe de pessoal de não sei que instituto de La Paz, Bolívia, certifica que o senhor Franz Heinrich Wolff prestou serviços plenamente satisfatórios e que se demitiu por vontade própria. Contudo, a expressão do sujeito está o mais distante possível de qualquer tipo de vontade, própria ou alheia. Já conhecemos de memória todos os seus tiques, todos os seus argumentos, toda a sua resignação. Porque ele sempre insiste em que lhe façam um teste, mas quando o colocamos a escrever na máquina, a carta sempre sai mal; às poucas perguntas que são formuladas responde sempre com tranqüilos silêncios. Não posso imaginar do que vive. Seu aspecto é ao mesmo tempo limpo e miserável. Parece estar inexoravelmente convencido de seu fracasso; não se outorga a mínima possibilidade de ter êxito, mas sim a obrigação de ser obstinado, sem se importar muito com quantas negativas tenha que enfrentar. Eu não saberia dizer de modo preciso se o espetáculo é patético, repugnante ou sublime, mas creio que nunca poderei esquecer a cara (serena?, ressentida?) com que o homem recebe o resultado negativo do teste e a semi-reverência com que se despede. Alguma vez o avistei pela rua, caminhando devagar ou simplesmente olhando o rio de gente que passa e talvez lhe traga alguma reflexão. Creio que jamais conseguirá sorrir. Seu olhar poderia ser o de um louco ou de um sábio ou o de um fingidor ou o de alguém que sofreu muito. Mas o certo é que, cada vez que o vejo, fico com uma sensação de incômodo, como se eu fosse em parte culpado por sua situação, por sua miséria, e – o pior de tudo – como se ele soubesse que eu sou o culpado. Já sei que é uma idiotice. Não tenho como lhe conseguir um emprego em meu escritório; além disso, ele não serve.

E então? Talvez eu saiba que há outras formas de ajudar um semelhante. Mas quais? Conselhos, por exemplo? Não quero nem pensar na cara que ele faria ao recebê-los. Hoje, depois que lhe disse pela décima vez um não, senti que me vinha uma golfada de pena e decidi lhe estender a mão com uma nota de dez pesos. Ele me deixou com a mão estendida, olhou-me fixamente (um olhar bastante complicado, ainda que me pareça que seu ingrediente principal era, desta vez da parte dele, a pena) e me disse com esse desagradável sotaque de erres que soam sempre dobrados: "Você não *comprreende*". O que está rigorosamente certo. Não compreendo e basta. Não quero mais pensar nisso.

Terça-feira, 2 de abril

Encontro-me pouco com os meus filhos. Especialmente Jaime. É curioso, porque é precisamente Jaime quem eu gostaria de ver com mais freqüência. Dos três é o único que tem humor. Não sei qual é o peso da simpatia nas relações entre pais e filhos, mas o certo é que Jaime é, dos três, o que me resulta mais simpático. Mas, em compensação, é também o menos transparente.

Hoje o vi, mas ele não me viu. Uma experiência curiosa. Eu estava na esquina da Convención com a Colonia, despedindo-me de Muñoz, que tinha me acompanhado até ali. Jaime passou pela calçada em frente. Caminhava com outros dois, que tinham algo de desagradável no porte ou no vestir, não me lembro bem, porque me fixei especialmente em Jaime. Não sei o que ele dizia aos outros, mas estes riam com espalhafato. Ele seguia sério, mas sua expressão era de satisfação, ou talvez não, de qualquer modo provinha do convencimento de sua superioridade, do claro domínio que naquele momento exercia sobre seus acompanhantes.

À noite, eu lhe disse: "Hoje o vi passar pela Colonia. Ia com outros dois." Pareceu-me que enrubescia, mas talvez tenha me equivocado. "Um colega do escritório e seu primo", ele disse. "Parece que você os divertia muito", acrescentei. "Ah, eles acham graça de qualquer bobagem."

Então, creio que pela primeira vez na sua vida, me fez uma pergunta pessoal, uma pergunta que se referia às minhas próprias preocupações: "E... para quando você imagina que estarão prontos os papéis da sua aposentadoria?" Jaime perguntando por minha aposentadoria! Disse-lhe que Esteban havia falado sobre o assunto com um amigo que podia acelerar o processo. Mas também não há como acelerá-la demais. É inevitável que, antes de tudo, eu complete meus cinqüenta. "E como você se sente?", perguntou. Sorri e me limitei a encolher os ombros. Não lhe disse nada, por duas razões. A primeira, que ainda não sei o que farei com meu tempo livre. A segunda, que eu estava comovido com esse interesse repentino. Um bom dia, o de hoje.

Quinta-feira, 4 de abril

Outra vez tivemos que ficar até tarde. Desta vez, a culpa foi nossa: era preciso buscar uma diferença. Todo aquele problema para escolher as pessoas. O pobre Robledo me olhava desafiador, mas não o escolhi; prefiro que pense que levou a melhor sobre mim. Santini tinha um aniversário, Muñoz anda com uma unha encravada que o deixa de mau humor, Sierra faz dois dias que não vem. Por fim, ficaram Méndez e Avellaneda. Faltando quinze para as oito, Méndez se aproximou, cheio de mistério, e me perguntou quanto tempo ainda levaria tudo. Respondi-lhe que pelo menos até às nove. Então, mais misterioso ainda e tomando o máximo cuidado para que Avellaneda não o escutasse, confessou-me que tinha um programa para as nove e que primeiro queria passar em casa para tomar um banho, barbear-se, trocar de roupa, etc. Ainda o fiz sofrer um pouco. Perguntei-lhe: "É coisa fina?" "É um poema, chefe." Eles sabem que a única arma para me conquistar é a franqueza. E se passam por francos. Dei-lhe a permissão, claro.

Pobre Avellaneda. Ao ficarmos sozinhos no enorme local, ficou ainda mais nervosa do que de costume. Quando me alcançou uma planilha e vi que sua mão tremia, perguntei-lhe à queima-roupa: "Tenho um aspecto muito ameaçador? Não fique assim, Avellaneda." Deu um sorriso e, a partir desse momento, trabalhou mais tranqüila. É realmente um problema falar com ela. Sempre tenho que buscar um meio-termo entre a severidade e a confiança. Três ou quatro vezes a olhei de soslaio. Pode-se perceber que é uma boa menina. Tem traços definidos, de pessoa leal. Quando se atrapalha um pouco com o trabalho, inevitavelmente se despenteia e isso lhe cai bem. Somente às nove e dez encontramos a diferença. Perguntei-lhe se queria que eu a acompanhasse. "Não, senhor Santomé, de modo algum." Mas, enquanto caminhávamos até a Plaza, falamos de trabalho. Tampouco aceitou um café. Perguntei a ela onde morava e com quem. Pai e mãe. Namorado? Fora do escritório devo lhe inspirar menos respeito, porque respondeu afirmativamente e com naturalidade. "E quando teremos a cerimônia?", perguntei, como é habitual nesses casos. "Ah, faz só um ano que nos conhecemos." Creio que, depois de me ter confessado que tinha um namorado, sentiu-se mais protegida e interpretou as minhas perguntas como fruto de um interesse quase paternal. Reuniu toda a sua coragem para descobrir se eu era casado, se tinha filhos, etc. Ficou muito séria diante da notificação de minha viuvez e creio que esteve lutando entre mudar rapidamente de assunto ou me dar os pêsames com vinte anos de atraso. Triunfou o bom senso e ela passou a me falar de seu namorado. Recém havia me inteirado de que ele trabalhava para o Município quando apareceu seu trólebus. Apertou-me inclusive a mão, que barbaridade.

Sexta-feira, 5 de abril

Carta de Aníbal. Cansou de São Paulo e regressa no fim do mês. Para mim é uma boa notícia. Tenho poucos amigos e Aníbal é o melhor. Ao menos é o único com quem consigo conversar sobre certos assuntos sem me sentir ridículo. Alguma vez teremos que investigar em que está baseada nossa afinidade. Ele é católico, eu não sou nada. Ele é mulherengo, eu me limito ao indispensável. Ele é ativo, criador, categórico; eu sou rotineiro e indeciso. O certo é que, muitas vezes, ele me impele a tomar uma decisão; outras, sou eu quem o freia com alguma de minhas dúvidas. Quando minha mãe morreu – em agosto fará quinze anos – eu estava que era um caco. A única coisa que me mantinha de pé era uma fervorosa raiva contra Deus, contra os parentes, contra o próximo. Cada vez que me lembro do velório interminável, sinto asco. Os assistentes se dividiam em duas classes: os que começavam a chorar assim que passavam da porta e que depois me sacudiam entre seus braços, e os que chegavam somente para cumprir com o dever, estendiam-me a mão com uma compunção fastidiosa e dez minutos depois estavam contando piadas fresquinhas. Então chegou Aníbal, aproximou-se, nem sequer me deu a mão, e começou a falar com naturalidade: de mim, de si mesmo, de sua família, inclusive de sua mãe. Essa naturalidade foi uma espécie de bálsamo, de verdadeiro consolo; eu a interpretei como a melhor homenagem que alguém poderia fazer à minha mãe e a mim mesmo pelo afeto que devotava à minha mãe. É apenas um pequeno detalhe, um episódio quase insignificante, isso eu compreendo bem, mas aconteceu em um desses momentos em que a dor faz com que a gente se torne exageradamente receptivo.

Sábado, 6 de abril

Sonho sem pé nem cabeça. Eu acabava de atravessar de pijama o Parque de los Aliados. De repente, na calçada de uma casa luxuosa, de dois andares, vi que estava Avellaneda. Aproximei-me sem vacilar. Ela usava um vestidinho liso, sem enfeites nem cinto, diretamente sobre a carne. Estava sentada em um banquinho de cozinha, junto a um eucalipto, descascando batatas. De súbito, tive consciência de que já era noite e me aproximei e lhe disse: "Que cheiro delicioso de campo". Ao que parece, meu argumento foi decisivo, porque imediatamente me dediquei a possuí-la, sem enfrentar qualquer resistência de sua parte.

Esta manhã, quando Avellaneda apareceu com um vestido liso, sem enfeites nem cinto, não pude me conter e lhe disse: "Que cheiro delicioso de campo". Olhou-me com verdadeiro pânico, exatamente como se olha para um louco ou um bêbado. Para piorar ainda mais a situação, tentei lhe explicar que estava falando sozinho. Não a convenci, e ao meio-dia, quando se foi, ainda me encarava com certa precaução. Mais uma prova de que é possível ser mais convincente nos sonhos do que na realidade.

Domingo, 7 de abril

Quase todos os domingos, almoço e janto sozinho, e inevitavelmente me invade a melancolia. "Que fiz da minha vida?" é uma pergunta que soa a Gardel ou ao Suplemento Feminino ou a um artigo do *Reader's Digest*. Não importa. Hoje, domingo, me sinto para além do risível e posso me fazer perguntas desse tipo. Na minha história pessoal, não aconteceram mudanças irracionais, reviravoltas insólitas e repentinas. O mais insólito foi a morte de Isabel. Estará em sua morte a verdadeira chave para explicar o que considero minha frustração? Não creio. Mais ainda, quanto mais me analiso, mais me convenço de que essa morte jovem foi uma desgraça, digamos, com sorte. (Por Deus, que vulgar e mesquinho que soa isso. Eu mesmo me horrorizo.) Quero dizer que, no momento em que Isabel desapareceu, eu tinha vinte e oito anos e ela vinte cinco. Estávamos, pois, em pleno auge do desejo. Creio que meu desejo físico mais veemente me foi inspirado por ela. Será por isso, talvez, que se sou mesmo incapaz de reconstituir (com minhas próprias imagens, não com fotografias ou lembranças de lembranças) o rosto de Isabel, posso, em contrapartida, voltar a sentir em minhas mãos, todas as vezes que necessite disso, o toque particular de sua cintura, de seu ventre, de suas panturrilhas, de seus seios. Por que as palmas das minhas mãos têm uma memória mais fiel do que minha memória? Uma conclusão posso extrair disso tudo: que se Isabel tivesse vivido uma quantidade suficiente de anos para que seu corpo perdesse o vigor (isso tinha de bom: a pele lisa e tesa ao longo de todo o corpo) e se perdesse, portanto, minha capacidade de desejá-la, não posso garantir o que teria sido de nosso vínculo exemplar. Porque toda nossa harmonia, que era real, dependia inexoravelmente da cama, de nossa cama. Não quero dizer com isso que durante o dia passássemos como gato e cachorro; pelo contrário, em nossa vida cotidiana era comum uma boa dose de concórdia. Mas qual era o freio para as explosões, para os transbordamentos? Simplesmente o gozo das noites, sua presença protetora em meio aos dissabores do dia. Se alguma vez o ódio nos tentava e começávamos a apertar os lábios, passava por nossos olhos os prazeres da noite, passada ou futura, e então era inevitável que uma onda de ternura nos envolvesse, aplacando qualquer início de rancor. Quanto a isso não estou inconformado. Meu matrimônio foi uma coisa boa, uma temporada alegre.

Mas e quanto ao resto? Porque aí está a opinião que se pode ter de si mesmo, algo que, por incrível que pareça, tem pouco a ver com a vaidade. Refiro-me à opinião cem por cento sincera, àquela que alguém não se atreveria a confessar nem para si mesmo na frente do espelho enquanto se barbeia. Lembro que houve uma época (lá por volta dos meus dezesseis, vinte anos) em que tinha uma boa, diria quase excelente opinião sobre mim mesmo. Sentia-me disposto a começar e levar a cabo "algo grande", de utilidade para muitos, capaz de endireitar as coisas. Não se pode dizer que minha atitude fosse cretinamente egocêntrica. Ainda que eu tivesse gostado de receber a aceitação e os aplausos alheios, creio que meu primeiro objetivo não era me aproveitar dos outros, mas sim lhes ser útil. Já sei que isso não é caridade pura e cristã; além disso, não me importa muito o sentido cristão de caridade. Lembro que eu não pretendia ajudar os carentes, ou os loucos, ou os miseráveis (acredito cada vez menos na ajuda distribuída de modo caótico). Minha intenção era mais modesta; simplesmente ser útil para meus iguais, para aqueles que tinham um direito mais compreensível de precisar de mim.

A verdade é que essa excelente opinião sobre mim mesmo decaiu bastante. Hoje me sinto vulgar e, em alguns aspectos, indefeso. Suportaria melhor meu estilo de vida se não tivesse consciência de que (apenas mentalmente, claro) estou acima dessa vulgaridade. Saber que tenho ou tive em mim mesmo elementos suficientes para me alçar a outra possibilidade, saber que sou superior, não em demasia, à minha esgotada profissão, às minhas poucas diversões, ao meu ritmo de diálogo: saber tudo isso não me ajuda por certo a me tranqüilizar, pelo contrário, faz com que eu me sinta ainda mais frustrado, mais inapto para sobrepujar as circunstâncias. O pior de tudo é que não ocorreram coisas terríveis que me cercassem (bem, a morte de Isabel é algo forte, mas não posso chamá-la de terrível; depois de tudo, existe alguma coisa mais natural do que partir deste mundo?), que freassem meus melhores impulsos, que impedissem meu desenvolvimento, que me prendessem a uma rotina anestesiante. Eu mesmo fabriquei minha rotina, mas pelo caminho mais simples: a acumulação. A segurança de saber-me talhado para algo melhor colocou em minhas mãos a postergação, que no final das contas é uma arma terrível e suicida. Daí que minha rotina não tenha tido nunca caráter nem definição; sempre foi provisória, sempre constituindo um rumo precário, a ser seguido apenas enquanto durava a postergação, apenas para agüentar o dever da jornada durante esse período de preparação que, ao que parece, eu considerava imprescindível, antes de me lançar, em definitivo, à cobrança de meu destino. Que bobagem, não? O resultado agora é que não tenho vícios consideráveis (fumo pouco, e vez por outra, quando estou enfadado, tomo um traguinho), mas creio que já não poderia deixar de me postergar: este é meu vício, por outro lado incurável. Porque, se agora mesmo eu decidisse garantir por meio de uma espécie tardia de juramento: "Vou ser exatamente o que quis ser", seria inútil. Primeiro, porque sinto a escassez de minhas forças para realizar qualquer mudança de vida e, depois, porque de que vale para mim aquilo que eu quis ser? Seria algo assim como me lançar conscientemente em uma senilidade prematura. O que desejo agora é muito mais modesto do que aquilo que desejava há trinta anos e, sobretudo, importa-me muito menos obtê-lo. Aposentar-me, por exemplo. É uma aspiração, naturalmente, mas uma aspiração ladeira abaixo. Sei que chegará, que virá por conta própria, sei que não será preciso que eu faça nada. Assim é fácil, assim vale a pena entregar-se e tomar decisões.

Terça-feira, 9 de abril

Esta manhã recebi uma ligação do *Adoquín* Vignale. Pedi para dizer que eu não estava, porém, quando voltou a telefonar de tarde, senti-me na obrigação de atendê-lo. Nisso sou categórico: se tenho essa relação (não me atrevo a chamá-la de amizade) é porque talvez a mereça.

Ele quer ir à minha casa. "Assunto confidencial, meu velho. Não posso adiantar por telefone, nem posso trazê-lo aqui em casa para isso." Combinamos o encontro para quinta-feira à noite. Virá depois do jantar.

Quarta-feira, 10 de abril

Avellaneda tem algo que me atrai. Isso é evidente, mas o que é?

Quinta-feira, 11 de abril

Falta meia hora para jantarmos. Esta noite vem o Vignale. Estaremos apenas Blanca e eu. Os meninos desapareceram logo que souberam da visita. Não os culpo. Eu também teria fugido.

Em Blanca se operou uma mudança. Traz as faces coradas e não é artificial; a cor se mantém mesmo depois que lava o rosto. Às vezes se esquece que estou em casa e se põe a cantar. Tem pouca voz, mas a maneja com gosto. Agrada-me ouvi-la. O que será que está passando pela cabeça dos meus filhos? Estarão no momento das aspirações ladeira acima?

Sexta-feira, 12 de abril

Ontem Vignale chegou às onze e foi embora às duas da manhã. Seu problema se resume em poucas palavras: sua concunhada está apaixonada por ele. Vale a pena transcrever, ainda que seja apenas de forma aproximada, a versão de Vignale: "Veja bem, eles moram com a gente há seis anos. Seis anos não são quatro dias. Não lhe direi que até agora nunca tinha prestado atenção em Elvira. Você mesmo já percebeu que ela é muito bonita. E se você a visse em traje de banho, então, ficaria babando. Mas, rapaz, uma coisa é olhar e outra aproveitar. Mas o que fazer? Minha patroa já está um pouco passada e, além disso, vive cansada por causa das lidas domésticas e por cuidar das crianças. Você pode imaginar que depois de quinze anos de casado já não basta vê-la e *ipso facto*[2] se inflamar de paixão. Além disso, ela tem menstruações que duram quase uma quinzena, de modo que é bastante difícil que meus desejos cheguem a coincidir com sua disponibilidade. A verdade é que muitas vezes ando esfomeado e como com os olhos as panturrilhas da Elvira, que, para piorar ainda mais a situação, dentro de casa está sempre de shorts. Acontece que a mulher interpretou mal minhas olhadas; quer dizer, na verdade, ela as interpretou bem, mas não era para tanto. A pura verdade é que, se eu soubesse antes que Elvira gostava de mim, nem a teria observado nem nada, porque a última coisa que eu quero é armar confusão dentro do meu próprio lar, que para mim sempre foi sagrado. Primeiro foram uns olhares e eu me fazendo de morto. Mas um dia desses cruzou as pernas na minha frente, assim, sem cerimônia, de shorts, e não tive outra saída se não lhe dizer: 'Tenha cuidado'. Ela me respondeu: 'Não quero ter cuidado', e foi o golpe final. Na seqüência me perguntou se eu era cego, que eu sabia muito bem que ela gostava de mim, etc., etc. Embora estivesse seguro de que isso de nada adiantaria, lembrei-a da existência do marido, ou seja, meu cunhado, e você sabe o que ela respondeu?: 'Quem? Esse cretino?' E aí está o pior: ela tem razão, Francisco é um cretino. Isso é o que acalma um pouco os meus escrúpulos. E você, o que faria no meu lugar?"

Eu, em seu lugar, não teria problemas: primeiro, não teria me casado com a idiota da sua mulher e, segundo, não me sentiria atraído, em absoluto, pela carne mole da outra veterana. Mas não pude lhe dizer outra coisa que não fossem os lugares-comuns: "Tome cuidado. Olhe que ela vai grudar em você e depois vai ser difícil de se livrar. Se quer

2. Em latim no original: "pelo mesmo fato". (N.T.)

arriscar toda a sua estrutura familiar, então vá em frente; mas, se preservar esta estrutura é o que mais lhe importa, então não se arrisque."

Ele partiu compungido, preocupado, indeciso. Creio, contudo, que a frente de Francisco está em perigo.

Domingo, 14 de abril

Esta manhã tomei um ônibus, desci na esquina da Agraciada com a 19 de Abril. Fazia anos que não seguia por esse caminho. Mergulhei na ilusão de que visitava uma cidade desconhecida. Só então me dava conta de que havia me acostumado a viver em ruas sem árvores. E quão irremediavelmente frias podem chegar a ser.

Uma das coisas mais agradáveis da vida: ver como o sol se filtra entre as folhas.

Manhã boa a de hoje. Mas à tarde fiz uma sesta de quatro horas e me levantei de mau humor.

Terça-feira, 16 de abril

Sigo sem averiguar o que mais me atrai em Avellaneda. Hoje a estive estudando. Move-se com desenvoltura, prende harmoniosamente os cabelos, sobre as faces tem uma leve penugem, como a de um pêssego. O que deve fazer com o namorado? Ou melhor, o que o namorado deve fazer com ela? Será que fazem o papel de casalzinho perfeito, ou será que se acariciam como qualquer pessoa? Pergunta-chave para um cortejador: inveja?

Quarta-feira, 17 de abril

Diz Esteban que, se quero me aposentar no final do ano, é preciso entrar com os papéis agora. Diz que vai me ajudar com os trâmites, mas que ainda assim levará tempo. Ajudar com os trâmites talvez signifique molhar a mão de alguém. Preferia que não fosse assim. Sei que é mais indigno aquele que se corrompe, mas eu também não seria inocente. A teoria de Esteban é que é necessário representar o papel que o ambiente exige. O que para determinado ambiente é simplesmente honrado, em outro pode ser simplesmente imbecil. Tem uma certa razão, mas me desalenta que tenha razão.

Quinta-feira, 18 de abril

Veio o inspetor: amável, bigodudo. Ninguém poderia imaginar que ele fosse tão implicante. Começou pedindo os números do último balancete e terminou solicitando uma discriminação de itens que figura no inventário inicial. Passei carregando livros velhos e estropiados da manhã até a última hora da tarde. O inspetor era um primor: sorria, pedia perdão, dizia "Muitíssimo obrigado". Um sujeito encantador. Por que não morre de uma vez? A princípio tratei de amansar minha raiva, respondendo entre dentes, xingando-o mentalmente. Depois a bronca deu lugar a outra sensação. Comecei a me sentir velho. Esses primeiros números de 1929, eu os havia escrito; esses lançamentos e contralançamentos que figuravam no livro-diário, eu os havia escrito; esses transportes a lápis no livro-caixa, eu os havia escrito. Naquela época eu era apenas um auxiliar, mas já me davam coisas importantes para fazer, ainda que a modesta glória fosse creditada apenas para o chefe, exatamente como as modestas glórias que agora recebo pelas coisas importantes que fazem Muñoz e Robledo. Sinto-me um pouco como o Heródoto da empresa, o registrador e o escriba de sua história, a testemunha sobrevivente. Vinte e cinco anos. Cinco lustros. Ou um quarto de século. Não. Parece muito mais surpreendente dizer, clara e diretamente, vinte e cinco anos, e como mudou minha letra! Em 1929, eu tinha uma caligrafia desordenada: os "t" minúsculos não se inclinavam para o mesmo lado que os "d", que os "b", ou que os "h", como se não houvesse soprado sobre todos eles o mesmo vento. Em 1939, as metades inferiores dos "f", dos "g" e dos "j" pareciam uma espécie de fiapos indecisos, sem caráter nem vontade. Em 1945, começou a era das maiúsculas, minha predileção por adorná-las com curvas amplas, espetaculares e inúteis. O "M" e o "H" eram grandes aranhas, com teia e tudo. Agora minha letra se tornou sintética, parelha, disciplinada, nítida. O que somente prova que sou um dissimulador, já que eu mesmo me tornei complicado, desparelho, caótico, impuro. De súbito, ao pedir-me o inspetor um número correspondente a 1930, reconheci minha caligrafia, minha caligrafia de uma etapa inicial. Com a mesma letra que escrevi: "Detalhamento de salários pagos ao pessoal no mês de agosto de 1930", com essa mesma letra e nesse mesmo ano, eu tinha escrito duas vezes por semana: "Querida Isabel", porque então Isabel vivia em Melo e eu lhe escrevia às quartas e sextas pontualmente. Essa havia sido, portanto, minha letra de namorado. Sorri, arrastado pelas lembranças, e o inspetor sorriu comigo. Depois me pediu outra discriminação de itens.

Sábado, 20 de abril

Estarei ressequido em demasia? Sentimentalmente, digo.

Segunda-feira, 22 de abril

Novas confissões de Santini. Outra vez referentes à irmãzinha de dezessete anos. Diz que, quando os pais não estão na casa, ela vem até o quarto dele e dança, quase nua, na sua frente. "Tem um traje de banho desses de duas peças, sabe? Bem, quando vem dançar no meu quarto, tira a parte de cima." "E o que você faz?" "Eu... eu fico nervoso." Disse-lhe que, se somente ficava nervoso, não havia perigo. "Mas, senhor, isso é imoral", ele disse, agitando o pulso com a correntinha e a medalha. "E ela, que motivos lhe dá para vir dançar assim na sua frente com tão pouca roupa?" "Veja bem, senhor, ela me diz que eu não sou chegado em mulheres e que vai me curar." "E isso é verdade?" "Bem, ainda que fosse... ela não tem razão para fazer uma coisa dessas...

pr...ia mesma, me parece." Então me resignei a lhe fazer a pergunta que estava procurando fazia muito tempo: "E de homens, você gosta?" Sacudiu outra vez a correntinha e a medalha, e disse: "Mas isso é imoral, senhor", dando-me uma piscadela que estava a meio caminho entre a travessura e o asco e, antes que eu pudesse acrescentar alguma coisa, perguntou-me: "Ou o senhor tem uma opinião diferente?" Achei que estava me enrolando e o indiquei para um trabalho desses de arrasar. Tem pelo menos uns dez dias pela frente sem levantar a cabeça. Era só o que me faltava: um veado na seção. Parece que é do tipo "com escrúpulos". Que cara-de-pau. Uma coisa, no entanto, é certa: a irmãzinha tem culpa no cartório.

Quarta-feira, 24 de abril

Hoje, como em todos os 24 de abril, jantamos juntos. Bom motivo: o aniversário de Esteban. Creio que todos nos sentimos um pouco obrigados a nos mostrar alegres. Nem mesmo Esteban parece mal-humorado; fez algumas piadas, agüentou firme os nossos abraços.

O cardápio preparado por Blanca foi o ponto mais alto da noite. Naturalmente, isso também predispõe ao bom humor. Não é de todo absurdo que um frango à portuguesa me deixe mais otimista do que uma *tortilla*[3] de batata. Não sei se terá ocorrido a algum sociólogo realizar uma análise minuciosa sobre a influência das digestões na cultura, na economia e na política uruguaias? Como comemos, meu Deus! Na alegria, na dor, no assombro, no desalento. Nossa sensibilidade é primordialmente digestiva. Nossa inata vocação de democratas apóia-se em um velho postulado: "Todos temos que comer". A nossos crentes não é fundamental que Deus lhes perdoe suas dívidas, mas, em contrapartida, pedem de joelhos, com lágrimas nos olhos, que não lhes falte o pão nosso de cada dia. E esse Pão Nosso

3. Prato típico da cozinha espanhola. Espécie de omelete em que se acrescentam batatas. (N.T.)

não é – tenho certeza – meramente um símbolo: é um pão alemão de quilo.

Bem, comemos bem, tomamos um bom vinho clarete, homenageamos Esteban. Ao fim da janta, quando remexíamos lentamente o café, Blanca deixou a nova vir à tona: tem um namorado. Jaime a envolveu com um olhar estranho, indefinido (Que é Jaime? Quem é Jaime? Que quer Jaime?). Jaime perguntou com alegria o nome do "infeliz". Creio que me senti contente e que deixei isso transparecer. "E quando conheceremos esse galã?" perguntei. "Veja, papai, Diego não fará essas visitas protocolares de segundas, quartas e sextas. Nós nos encontramos em qualquer parte, no Centro, na casa dele, aqui." Quando disse "na casa dele", devemos ter franzido nossos cenhos, porque ela se apressou em acrescentar: "Vive com a mãe em um apartamento. Não tenham medo." "E a mãe, não sai nunca?", perguntou Esteban, já um pouco arisco. "Não fique assim", disse Blanca e em seguida me fez uma pergunta: "Papai, quero saber se você confia em mim. É a única opinião que me importa. Confia em mim?" Quando me perguntam assim, à queima-roupa, há somente uma coisa que posso responder. Minha filha sabe disso. "Claro que confio em você", eu disse. Esteban limitou-se a expressar sua incredulidade com uma sonora pigarreada. Jaime seguiu calado.

Sexta-feira, 26 de abril

O gerente convocou uma nova reunião de chefes. Suárez não estava, por sorte vítima de uma gripe. Martínez aproveitou a ocasião para dizer algumas verdades. Esteve bem. Admiro-lhe a energia. No fundo, para mim não importam um ovo: o escritório, os títulos, as hierarquias e outras bobagens. Nunca me senti atraído pelas hierarquias. Meu lema secreto: "Quanto menor a posição hierárquica, menor a responsabilidade". A verdade é que se vive mais comodamente sem grandes cargos. No que diz respeito a Martínez, está certo o que ele faz. De todos os chefes, os únicos que poderiam aspirar a uma subgerência (cargo a ser preenchido no final do ano) seríamos, por ordem de antiguidade, eu, Martínez e Suárez. Martínez não tem medo de mim, porque sabe que me aposento. Em contrapartida, ele tem medo (e com razão) de Suárez, porque desde que começou a sair com a Valverde seus progressos têm sido notáveis: de auxiliar de caixa passou a subchefe na metade do ano passado, de subchefe a chefe de Expedição há quatro meses. Martínez sabe perfeitamente que a única forma de se defender de Suárez é desacreditá-lo totalmente. É certo que para isso não tem que forçar demais sua imaginação, já que Suárez é, no que tange ao seu desempenho, uma calamidade. Sabe de sua imunidade, sabe que é odiado, mas ter escrúpulos nunca foi sua especialidade.

Era preciso ver a cara do gerente quando o outro soltou o que lhe estava entalado. Martínez lhe perguntou diretamente se "o senhor gerente não sabia se algum outro membro da Diretoria tinha alguma filha disponível que quisesse ir para cama com chefes de seção", acrescentando que ele "estava às ordens". O gerente lhe perguntou o que pretendia com isso, se queria ser suspenso. "De modo algum", esclareceu Martínez, "o que busco é uma promoção. Já entendi que esse é o procedimento." O gerente dava pena. O homem sabe que Martínez tem razão, mas ao mesmo tempo sabe que não se pode fazer nada. Pelo menos por ora, Suárez é intocável.

Domingo, 28 de abril

Chegou Aníbal. Fui recebê-lo no aeroporto. Está mais magro, mais velho, mais gasto. De todo modo, foi uma alegria voltar a vê-lo. Falamos muito pouco, porque estavam junto as três irmãs e eu nunca havia me dado bem com aqueles dragões. Ficamos de nos ver em breve, ligará lá para o escritório.

Segunda-feira, 29 de abril

Hoje a seção estava transformada em um deserto. Faltaram três. Além disso, Muñoz estava em atividade externa e Robledo teve que revisar umas fichas com a seção de Vendas. Menos mal que a esta altura do mês não há muito trabalho. O alvoroço vem sempre depois do dia 1º. Aproveitei a solidão e a escassez de trabalho para conversar um pouco com Avellaneda. Há vários dias que a noto apagada, quase triste. É inegável que a tristeza lhe cai bem. Acentua-lhe os traços, torna-lhe os olhos melancólicos, deixa-a ainda mais jovem. Gosto de Avellaneda, creio que já escrevi isso alguma vez. Perguntei o que estava acontecendo com ela. Aproximou-se de minha mesa, sorriu-me (como sorri bem), não disse nada. "Há vários dias que a noto acabrunhada, quase triste", disse-lhe e, para que meu comentário tivesse o mesmo grupo de palavras que meu pensamento, acrescentei: "É inegável que a tristeza lhe cai bem". Não tomou aquilo como uma lisonja. Apenas se alegraram seus olhos melancólicos, e disse: "O senhor é muito gentil, senhor Santomé". Por que o "senhor Santomé", meu Deus? Havia soado tão bem a primeira parte... O "senhor Santomé" me fez lembrar dos meus quase cinqüenta anos, apagou inexoravelmente minha altivez, e só me restaram forças para perguntar a ela em tom paternal: "O namorado?" Os olhos da pobre Avellaneda se encheram de lágrimas, moveu a cabeça em um gesto que parecia uma afirmação, balbuciou um "perdão" e saiu correndo até o banheiro. Fiquei por um momento sem saber o que fazer diante de meus papéis; creio que estava comovido. Senti-me agitado, como há muito não me sentia. E não era o nervosismo corriqueiro de alguém que vê uma mulher chorando ou a ponto de. Minha agitação era minha, somente minha; a agitação de assistir à minha própria comoção. De súbito, a luz se fez em meu próprio cérebro: então não estou ressequido! Quando Avellaneda regressou, já sem lágrimas e um pouco envergonhada, eu ainda estava desfrutando egoisticamente de minha recente descoberta. Não estou ressequido, não estou ressequido. Então a olhei com gratidão, e como nesse momento regressavam Muñoz e Robledo, voltamos os dois a trabalhar como que obedecendo a um acordo secreto.

Terça-feira, 30 de abril

Vamos ver, o que está acontecendo comigo? Todo dia esteve passando por minha cabeça, como se fosse um slogan recorrente, a única frase: "Quer dizer que brigou com o namorado". E em seguida meu ritmo respiratório se acelerava. No mesmo dia em que descubro que não estou ressequido, sinto-me, por outro lado, inquietantemente egoísta. Bem, creio que, apesar de tudo, isso significa um passo adiante.

Quarta-feira, 1º de maio

O dia dos trabalhadores mais aborrecido da história universal. Para piorar: gris, chuvoso, prematuramente invernal. As ruas sem gente, sem ônibus, sem nada. E eu em meu quarto, em minha cama de casal de solteiro, neste escuro e pesado silêncio das sete e meia. Quem dera já fossem nove da manhã e eu estivesse em minha escrivaninha e, de vez em quando, ao lançar um olhar para a esquerda, encontrasse aquela figura triste, concentrada, indefesa.

Quinta-feira, 2 de maio

Não quis falar com Avellaneda. Primeiro, porque não quero assustá-la; segundo, porque não sei realmente o que dizer a ela. Antes tenho que saber com precisão o que está acontecendo comigo. Não pode ser que, na minha idade, apareça de repente essa garota, que nem sequer é propriamente linda, e se converta no centro de minha atenção. Sinto-me nervoso como um adolescente, isso é certo, mas quando olho minha pele que começa a se tornar flácida, quando vejo essas rugas em meus olhos, estas varizes em meus tornozelos, quando tusso de manhã como um velhote, uma tosse absolutamente necessária para que meus brônquios comecem sua jornada, então já não me sinto um adolescente, mas apenas alguém ridículo.

Todo o mecanismo de meus sentimentos parou há vinte anos, quando Isabel morreu. Primeiro foi dor, depois indiferença, mais tarde liberdade, ultimamente tédio. Longo, deserto, invariável tédio. Oh, durante todas estas etapas o sexo seguiu ativo. Mas a técnica foi ir às bicadas. Hoje um programa no ônibus, amanhã a contadora que esteve de inspeção, depois a caixa da Edgardo Lamas, S.A. Nunca duas vezes com a mesma. Uma espécie de resistência inconsciente em me comprometer, em enquadrar o futuro em uma relação normal, de base permanente. Por que tudo isso? O que eu estava defendendo? A imagem de Isabel? Não acredito. Não me senti vítima desse trágico compromisso, que, por outro lado, nunca endossei. Minha liberdade? Pode ser. Minha liberdade é outro nome de minha inércia. Ir para a cama com uma hoje, amanhã com outra; bem, é modo de dizer, basta uma vez por semana. O que pede a natureza e nada mais; assim como comer, tomar banho, ir ao banheiro. Com Isabel era diferente, porque havia uma espécie de comunhão e, quando fazíamos amor, parecia que cada osso meu, duro, correspondia a uma concavidade dela, macia, que cada impulso meu se encontrava matematicamente com seu eco receptor. Um para o outro. Semelhante a alguém que se acostuma a dançar com o mesmo par. No princípio, para cada movimento há uma réplica; depois, a réplica corresponde a cada pensamento. Só um é o que pensa, mas são os dois corpos que executam a figura.

Sábado, 4 de maio

Aníbal me telefonou. Amanhã nos veremos.

Avellaneda faltou ao serviço. Jaime me pediu dinheiro. Nunca havia feito isso antes. Perguntei-lhe para que precisava. “Não posso nem quero dizer. Se quiser me empreste, se não, guarde no bolso. Para mim dá exatamente no mesmo.” “No mesmo?” “Sim, no mesmo, porque se tenho que pagar esse preço aviltante de abrir minha vida íntima, meu coração, meus intestinos, etc., a você, prefiro conseguir a quantia com qualquer outro, que só me cobrará juros.” Dei-lhe o dinheiro, claro. Mas por que tanta violência? Uma mera pergunta não é um preço aviltante.

O pior de tudo, o que me dá mais raiva, é que geralmente faço essas perguntas por pura distração, já que o que menos quero é me meter nas zonas privadas dos outros e, menos ainda, nas dos meus filhos. Mas tanto Jaime como Esteban estão sempre em estado de pré-conflito naquilo que me diz respeito. Já são dois tremendos marmanjos, pois então que se virem como puderem.

Domingo, 5 de maio

Aníbal não é o mesmo. Sempre tive a secreta impressão de ele seria jovem por toda a eternidade. Mas parece que a eternidade chegou, porque já não o encontro jovem. Decaiu fisicamente (está delgado, os ossos se fazem notar, a roupa lhe fica grande, seu bigode está ralo), mas não é só isso. Desde o tom de sua voz, que me parece muito mais opaco do que eu recordava, até o movimento das mãos, que perderam vivacidade; desde o seu olhar, que em um primeiro momento me pareceu lânguido, mas depois me dei conta de que era somente desencantado, até os seus temas de conversação, que antes eram fulgurantes e agora são incrivelmente cinzentos, tudo se sintetiza em uma só comprovação: Aníbal perdeu o prazer de viver.

Não falou quase nada de si mesmo, ou seja, falou apenas superficialmente de si mesmo. Juntou algum dinheiro, parece. Quer se estabelecer aqui com uma loja, mas ainda não decidiu em que ramo. Em política, sim, segue interessado.

Não é meu forte. Eu me dei conta disso quando começou a fazer perguntas cada vez mais incisivas, buscando explicações para coisas que não consegue compreender. Dei-me conta de que esses assuntinhos que alguém, às vezes, maneja em conversas no escritório ou no café, ou sobre os quais vagamente pensa, de passagem, quando lê o jornal durante o café-da-manhã, me dei conta de que sobre esses assuntos eu não tinha uma verdadeira opinião formada. Aníbal me obrigou e creio que fui afirmando o que dizia ao lhe responder. Perguntou-me se eu achava que tudo estava melhor ou pior do que há cinco anos, quando ele se foi. "Pior", responderam minhas células por unanimidade. Mas logo tive que me explicar. Ufa, que tarefa.

Porque, na realidade, o suborno sempre existiu, o acordo também, as negociatas, idem. O que está pior, então? Depois de muito espremer o cérebro, convenci-me de que o pior é a resignação. Os rebeldes passaram a semi-rebeldes, os semi-rebeldes a resignados. Creio que, nesta luminosa Montevidéu, os dois grupos que mais progrediram nesses últimos tempos foram os dos maricas e dos resignados. "Não se pode fazer nada", dizem as pessoas. Antigamente só usava de suborno aquele que queria conseguir algo ilícito. Até aí tudo bem. Agora aquele que quer conseguir algo lícito também precisa subornar. E isso quer dizer confusão geral.

A resignação, porém, não é toda a verdade. No princípio, foi a resignação; depois, o abandono do escrúpulo; mais tarde, a co-participação. Foi um ex-resignado quem pronunciou a célebre frase: "Se os de cima levam o seu, eu também quero o meu". Naturalmente o ex-resignado tem uma desculpa para a sua desonestidade: é a única forma para que os demais não levem vantagem. Diz que se viu obrigado a entrar no jogo, porque do contrário seu dinheiro valeria cada vez menos e a cada passo mais se fechariam os caminhos retos a seguir. Continua mantendo um ódio vingativo e latente contra aqueles pioneiros que o obrigaram a seguir essa rota. Talvez seja também o mais bandido, porque sabe perfeitamente que ninguém morre de honestidade.

O que é não estar acostumado a pensar nisso tudo! Aníbal se foi quando já era madrugada e eu fiquei tão inquieto que não quis pensar em Avellaneda.

Terça-feira, 7 de maio

Há dois procedimentos para abordar Avellaneda: a) a franqueza, dizer-lhe aproximadamente: "Gosto de você, vamos ver o que está acontecendo"; b) a falsidade, dizer-lhe aproximadamente: "Escute, garota, sou um homem experiente, posso ser seu pai, escute meus conselhos". Embora pareça inacreditável, talvez me convenha o segundo. Com o primeiro arrisco muito e, além disso, tudo ainda está muito no início. Creio que até agora ela me vê como um chefe mais ou menos amável e nada mais. Contudo, ela não é nenhuma jovenzinha. Vinte e quatro anos não são catorze. Vai que é uma dessas que preferem os tipos maduros. Mas o namoradinho era jovem, não se pode esquecer. Bem, assim se deram as coisas com ele. Pode ser que agora, por reação, passe ao outro extremo. E no outro extremo posso estar eu, senhor maduro, experimentado, grisalho, sossegado, quarenta e nove anos, sem maiores achaques, um bom salário. Os meus três filhos não ponho na minha ficha; não ajudam. De qualquer maneira, ela sabe que os tenho.

Pois bem (e para dizer isso em termos de comadre de bairro), quais são as minhas intenções? A verdade é que não estou decidido a pensar em algo permanente, do tipo "até que a morte nos separe" (escrevi Morte e apareceu Isabel, mas Isabel era outra coisa, creio que com Avellaneda me importe menos o lado sexual, ou será talvez que o lado sexual importe menos aos quarenta e nove anos do que aos vinte e oito), mas tampouco estou decidido a ficar sem Avellaneda. O ideal, eu já sei, seria ter Avellaneda sem a obrigação da permanência. Mas isso é pedir demais. Contudo, não custa tentar.

Antes de falar com ela, não tenho como saber nada. Tudo são histórias que invento para mim mesmo. O certo é que, a esta altura, estou um pouco cansado dos encontros às escuras, dos encontros em motéis. Há sempre uma atmosfera rarefeita e uma sensação de imediatismo, de coisa urgente, que perverte qualquer tipo de diálogo que eu mantenha com qualquer tipo de mulher. Até o momento de ir para a cama com ela, seja quem for, o importante é ir para a cama com ela; depois do sexo, o importante é irmos embora, voltar cada um para a sua cama particular, ignorarmo-nos para sempre. Em tantos e tantos anos desse jogo, não me lembro de uma conversa sequer que tenha sido reconfortante, nem uma frase comovedora (minha ou alheia), destas que estão destinadas a reaparecer depois, quem sabe em que instante confuso, para terminar com alguma vacilação, para nos decidirmos a tomar uma atitude que exigisse uma dose mínima de coragem. Bem, isso não é totalmente certo. Em um motel da rua Rivera, deve fazer uns seis ou sete anos, uma mulher me disse uma frase famosa: "Você faz amor com cara de empregado".

Quarta-feira, 8 de maio

Vignale outra vez. Esperava-me na saída do escritório. Não tive outro remédio senão aceitar um cortado, como prólogo inevitável de uma hora de confidências.

Está radiante. Ao que parece, a concunhada obteve êxito em sua ofensiva amorosa, de modo que estão agora em pleno idílio. "Tem uma disposição comigo que parece mentira", ele disse, acariciando uma gravata muito juvenil, creme com losanguinhos azuis, que significava, por certo, uma notória evolução em relação àquelas muito amassadas, de um marrom escuro e indefinido, que usava na sua época de marido no duro, de marido fiel. "Que mulher, meu velho, e que atraso para tirar."

Imagino o atraso da robusta Elvira e não quero nem pensar no que será do pobre Vignale dentro de seis meses. Mas por ora irradia felicidade por todos os seus poros. Acredita sinceramente que foi sua pinta de varão que a seduziu. Não se dá conta de que, frente ao "atraso" da outra (o pobre Francisco não desmentirá, certamente, seu beatífico rosto de capão), ele representava apenas o homem que estava mais à mão, a possibilidade de se pôr em dia. "E sua mulher?", perguntei-lhe, com ar de consciência vigilante. "Tranqüila, nada de mais. Sabe o que ela me disse outro dia? Que ultimamente eu andava muito mais bem-humorado. E tem razão. Até meu fígado melhorou."

Quinta-feira, 9 de maio

Não posso falar com ela no escritório. Tem que ser em outro lugar. Estou estudando seu itinerário. Muitas vezes ela vai comer no Centro. Almoça com uma amiga, uma gorda que trabalha na London París. Mas depois se separam e ela vai tomar alguma coisa em um café na esquina da Veinticinco com a Misiones. Tem que ser um encontro casual. É o melhor.

Sexta-feira, 10 de maio

Conheci Diego, meu futuro genro. Primeira impressão: me agrada. Tem um olhar decidido, fala com uma espécie de orgulho que (assim me parece) não é gratuito, ou seja, que está apoiado em algo que lhe pertence. Tratou-me com respeito, mas sem me adular. Em toda a sua atitude havia algo que me agradou, e creio que também agradou à minha vaidade. Estava com boa predisposição para comigo, isso foi evidente, e essa boa predisposição de que outra fonte poderia provir senão de suas conversas com Blanca? Eu seria verdadeiramente feliz, ao menos nessa questão, se soubesse que minha filha tem uma boa impressão de mim. É curioso; não me importa, por exemplo, a opinião que mereço de Esteban. Importa-me, em contrapartida, e, certamente muito, a que mereço de Jaime e Blanca. Talvez a razão mais profunda consista em que, embora os três representem muito para mim, embora nos três veja refletidos muitos de meus impulsos e de minhas inibições, em Esteban noto, além disso, uma espécie de discreta animosidade, uma variante de ódio que ele não se atreve sequer a confessar a si mesmo. Não sei o que ocorreu primeiro, se a rejeição da parte dele ou da minha, mas o certo é que eu tampouco gosto dele como gosto dos outros, sempre me senti afastado desse filho que nunca pára em casa, que me dirige a palavra como que por obrigação e que faz com que todos nos sintamos como "estranhos" em "sua família", a qual se compõe dele e somente dele. Jaime também não se sente muito disposto a se comunicar comigo, mas em seu caso não noto esse tipo de rejeição que não pode ser contida. Jaime é, no fundo, um irremediável solitário, e os outros, todos os outros, é que acabam pagando por isso.

Voltando a Diego: me agrada que o rapaz tenha caráter, fará bem a Blanca. É um ano mais novo que ela, mas parece quatro ou cinco mais velho. O essencial é que ela se sinta protegida; de sua parte, Blanca é leal, não vai decepcioná-lo. Agrada-me que saiam juntos e sozinhos, sem a companhia de uma prima ou irmãzinha. A camaradagem é uma linda etapa, insubstituível, irrecuperável. Jamais perdoarei a mãe de Isabel por isso. Durante nosso namoro estava sempre grudada em nós, como um emplastro, vigiava-nos tão de perto e com tanto zelo que, mesmo que o sujeito fosse o cúmulo da pureza, sentia-se obrigado a convocar todos os pensamentos pecaminosos que estivessem disponíveis. Até mesmo naquelas ocasiões – raríssimas, por certo – em que ela não estava presente, não nos sentíamos sozinhos; tínhamos certeza de que uma espécie de fantasma de echarpe registrava todos os nossos movimentos. Se alguma vez nos beijávamos, estávamos tão tensos, tão atentos para captar qualquer indício premonitório de sua aparição em qualquer um dos pontos cardeais do living, que o beijo sempre era para nós um contato meramente instantâneo, com pouco de sexo e menos ainda de ternura, e por outro lado muito de susto, de curto-circuito, de nervo ferido. Ela ainda está viva. Certa tarde a vi pela Sarandí, espigada, resoluta, interminável, fazendo companhia à caçula de suas seis filhas e a um desgraçado com cara de namorado sob custódia. A moça e o candidato não iam de braços dados, havia entre eles uma distância de pelo menos vinte centímetros. Pode-se notar que a velha não desistiu ainda de seu famoso lema: "De braço, só quando me caso".

Mas volto a me afastar do tema Diego. Diz que trabalha em um escritório, mas que é apenas provisório. "Não consigo me conformar com a perspectiva de ficar sempre ali, fechado, aspirando o cheiro de coisa velha que vem dos livros. Tenho certeza de que vou ser e fazer outra coisa, não sei se melhor ou pior do que essa que faço, mas outra coisa." Houve uma época em que eu também pensava assim. No entanto, no entanto... Esse sujeito parece mais decidido que eu.

Sábado, 11 de maio

Em algum momento a ouvi dizer que aos sábados, ao meio-dia, encontra-se com uma prima na Dieciocho com a Paraguay. Tenho que falar com ela. Fiquei uma hora parado nessa esquina, mas ela não apareceu. Não quero que seja um encontro marcado, é preciso que seja casual.

Domingo, 12 de maio

Também ouvi dizer que vai à feira aos domingos. Tenho que falar com ela, por isso fui à feira. Duas ou três vezes pensei tê-la visto. Em meio à aglomeração, enxergava de repente, entre muitas cabeças, o pedaço de um pescoço, ou um penteado, ou um ombro que se pareciam com os seus, mas depois a figura se completava e até mesmo esse pedaço afim passava a se integrar com o resto e perdia sua semelhança. Às vezes, uma mulher vista de costas tinha seu mesmo passo, seus quadris, sua nuca. Mas de súbito dava uma volta e o que então tinha sido parecido se convertia em absurdo. A única coisa que não engana (assim, como traço isolado) é o olhar. Em nenhuma parte encontrei seus olhos. Apesar disso (somente agora me dou conta), não sei como eles são, nem de que cor. Retornei cansado, aturdido, incomodado, aborrecido. Ainda que haja outra palavra mais certeira: retornei solitário.

Segunda-feira, 13 de maio

São verdes. Às vezes cinzentos. Estava olhando para ela, talvez com demasiada insistência, e então ela me perguntou: "O que há de errado comigo, senhor?" Que ridículo que me trate por "senhor". "Tem uma mancha no rosto", respondi, como um covarde. Passou o indicador pela maçã do rosto (um gesto bastante característico seu, que puxa o olho para baixo e que não lhe cai bem) e voltou a perguntar: "E agora?" "Agora está impecável", respondi com um pouco menos de covardia. Sorriu, e eu pude acrescentar:

"Agora não está apenas impecável, está linda". Creio que se deu conta. Creio que agora sabe que alguma coisa está acontecendo. Ou terá interpretado o que eu disse como um elogio paternal? Tenho nojo de me sentir paternal.

Quarta-feira, 15 de maio

Estive no café da esquina da Veinticinco com a Misiones. Desde o meio-dia até as duas Fiz uma experiência. "Tenho que falar com ela", pensei, "portanto tem que aparecer." Comecei a "vê-la" em cada mulher que vinha pela Veinticinco. Agora já não me importava muito que nesta ou naquela figura não pudesse reconhecer um detalhe sequer que me fizesse recordá-la. Eu "via" do mesmo jeito. Uma espécie de jogo mágico (ou idiota, depende do ângulo de que se olhe). Somente quando a mulher se encontrava a poucos passos, eu executava um brusco retrocesso mental e deixava de vê-la, substituía a imagem desejada pela indesejável realidade. Até que, de repente, o milagre se fez.

Uma garota apareceu na esquina e, de imediato, reconheci nela Avellaneda, a imagem de Avellaneda. Mas, quando quis efetuar o já sabido retrocesso, aconteceu que na realidade também era Avellaneda. Que salto, meu Deus. Pensei que o coração havia se instalado em minhas têmporas. Ela estava a dois passos, junto à minha janela. Eu disse: "Como vai? O que está fazendo?" O tom era natural, quase rotineiro. Olhou-me com surpresa, acho que agradavelmente surpresa, tomara que agradavelmente surpresa. "Ah, senhor Santomé, o senhor me assustou." Um só e displicente gesto de minha mão direita, acompanhado de um convite sem ênfase: "Um café?" "Não, não posso, que pena. Meu pai me espera no Banco para uma transação." É o segundo café que me nega, mas desta vez disse "que pena". Se ela não tivesse dito isso, creio que teria atirado um copo contra o piso ou teria mordido meu lábio inferior ou cravado minhas unhas na palma da mão. Não, conversa fiada, pura bravata; não teria feito nada. No máximo, ficaria desalentado e vazio, com as pernas cruzadas, os dentes apertados e os olhos doendo de tanto olhar para a mesma xícara. Mas ela disse: "Que pena", e ainda, antes de me deixar, perguntou: "O senhor sempre está aqui a esta hora?" "Claro", menti. "Então deixamos o convite para outro dia." "Certo, não se esqueça", insisti, e ela se foi. Cerca de cinco minutos depois, veio o garçom, me trouxe outro café e disse, olhando para a rua: "Que delícia está esse solzinho, não? A gente se sente renovado. Dá até vontade de cantar." Foi só então que me ouvi. Inconscientemente, como um velho gramofone em que se põe um disco e se esquece de tirá-lo, eu havia chegado, sem me dar conta, à segunda estrofe de *Mi bandera.*

Quinta-feira, 16 de maio

"Então, adivinhe com quem me encontrei?", disse a voz de Vignale ao telefone. Meu silêncio foi sem dúvida tão provocativo que ele não pôde esperar nem três segundos sequer para oferecer a solução do enigma: "Com Escayola, imagine". Imaginei. Escayola? Muito estranho voltar a ouvir esse nome, um sobrenome antigo, desses que já não existem mais. "Não me diga. E como ele está?" "Um barril de chope, pesa 98 quilos." Bem, o fato é que Escayola se inteirou de que Vignale havia me encontrado e – naturalmente – um jantar passou a figurar no programa.

Escayola. Também é da época da rua Brandzen. Mas deste sim me lembro. Era um adolescente magricela, alto, nervoso: tinha um comentário gracioso para tudo e, em geral, sua conversa era bem-humorada. No café Gallego Álvarez, Escayola era a estrela. Evidentemente, todos estávamos predispostos a nos divertir; porque Escayola dizia qualquer coisa (não era necessário que fosse muito engraçada) e todos nós já nos assanhávamos. Eu me lembro que às vezes ríamos aos gritos, levando nossas mãos às barrigas. Creio que o segredo estava em que ele fazia o papel de palhaço com grande seriedade: uma espécie de Buster Keaton. Será bom vê-lo outra vez.

Sexta-feira, 17 de maio

Por fim aconteceu. Eu estava no café, sentado junto à janela. Desta vez não esperava nada, não estava vigiando. Parece-me que fazia contas, na expectativa vã de equilibrar as despesas com os vencimentos deste maio tranqüilo, verdadeiramente outonal, pletórico de dívidas. Levantei os olhos e ela estava ali. Como uma aparição, ou um fantasma, ou simplesmente – e tanto melhor – como Avellaneda. "Vim cobrar o café daquele outro dia", ela disse. Fiquei de pé, tropecei na cadeira, a colherinha do meu café caiu da mesa com um escândalo que mais parecia vir de uma concha de sopa. Os garçons olharam. Ela se sentou. Recolhi a colherinha, mas antes de poder me sentar enganchei o casaco nessa maldita borda que cada cadeira tem no encosto. No meu ensaio geral para este encontro, não havia contado com uma entrada em cena tão movimentada. "Parece que assustei você", ela disse, rindo com franqueza. "Bem, um pouquinho", confessei, e isso me salvou. A naturalidade estava recuperada. Falamos do escritório, de alguns companheiros, contei-lhe várias histórias do passado. Ela ria. Vestia um casaquinho verde-escuro sobre uma blusa branca. Estava despenteada, mas apenas um pouco na metade direita, como se uma ventania a tivesse atingido só nesse lado. Disse isso a ela. Tirou um espelhinho da bolsa, olhou-se, divertiu-se um instante com o quão ridícula se via. Gostei que seu bom humor fosse suficiente para que pudesse rir de si mesma. Então eu disse: "Sabe que você é responsável por uma das crises mais importantes de minha vida?" Perguntou: "Econômica?" e ainda ria. Respondi: "Não, sentimental" e ficou séria. "Nossa", ela disse, e esperou que eu continuasse. E continuei: "Veja, Avellaneda, é muito provável que o que vou lhe dizer pareça uma loucura. Se for assim, me diga logo. Mas não quero mais fazer rodeios: acho que estou apaixonado por você." Ela esperou alguns instantes. Nenhuma palavra. Olhava fixamente para a bolsa. Creio que ficou um pouco ruborizada. Não tentei identificar se o rubor era porque estava radiante ou envergonhada. Então continuei: "Em função da minha idade e da sua idade, o mais lógico seria que eu ficasse de boca calada, mas creio que, de toda maneira, era uma homenagem que eu lhe devia. Não vou exigir nada. Se você, agora, ou amanhã, ou quando quer que seja, me disser basta, não se fala mais no assunto e seguimos amigos. Não tenha medo por seu trabalho no escritório, pela tranqüilidade no seu trabalho; sei me comportar, não se preocupe." Outra vez esperei. Ela estava ali, indefesa, por assim dizer, defendida por mim de mim mesmo. Qualquer coisa que ela dissesse, qualquer atitude que assumisse, significaria: "Esta é a cor do seu futuro". Por fim, não pude mais esperar e disse: "E?" Sorri de modo um pouco forçado e acrescentei com uma voz trêmula, que desmentia o tom brincalhão que pretendia o conteúdo: "Tem algo a declarar?" Deixou de olhar para sua bolsa. Quando levantou os olhos, pressenti que o pior momento já tinha passado. "Eu já sabia", ela disse. "Por isso, vim tomar café."

Sábado, 18 de maio

Ontem, quando cheguei a escrever o que ela havia me dito, não continuei mais. Não continuei porque quis que o dia terminasse assim, mesmo o dia escrito por mim, com esse pulsar de esperança. Não disse: "Basta". Mas não só não disse: "Basta", como disse: "Por isso vim tomar café". Depois me pediu um dia, umas horas ao menos para pensar. "Eu sabia e ao mesmo tempo é uma surpresa; devo me recompor." Amanhã, domingo, almoçaremos no Centro. E agora o que fazer? Meu discurso pronto incluía uma longa explicação que nem sequer cheguei a começar. É certo que eu não estava muito seguro de que isso fosse o mais conveniente. Também se via bloqueada a possibilidade de me oferecer para aconselhá-la, de colocar à sua disposição a minha experiência. No entanto, quando saí de meus cálculos e a encontrei à minha frente, e caí em todos aqueles gestos torpes e descontrolados, vislumbrei ao menos que a única saída para escapar frutiferamente do ridículo era dizer o que ditava a inspiração do momento e mais nada, esquecendo-me dos discursos prontos e das encruzilhadas prévias. Não estou arrependido de ter seguido o impulso. O discurso saiu breve e – sobretudo – simples, e creio que a simplicidade pode ser diante dela uma adequada e vitoriosa cartada. Quer pensar no assunto, está bem. Mas digo para mim mesmo: se ela sabia o que eu sentia, como é que não tinha uma opinião formada, como é que pode vacilar quanto à atitude de assumir? Podem ser várias as explicações: por exemplo, que, na realidade, projete pronunciar o terrível "basta", mas tenha considerado demasiado cruel me dizer isso assim, à queima-roupa. Outra explicação: que ela tenha descoberto (descobrir, neste caso, significa intuir) o que eu sentia, o que sinto, mas, apesar disso, não tenha acreditado que eu chegasse a expressá-lo em palavras, em uma proposição concreta. Daí a vacilação. Mas ela veio tomar café "por isso". O que quer dizer? Que desejava que eu fizesse a pergunta e, portanto, estabelecesse a dúvida? Quando alguém deseja que lhe façam uma pergunta desse tipo, em geral é para responder com um sim. Mas também pode ter desejado que eu formulasse, por fim, a pergunta para não seguir esperando, tensa e incômoda, e estar em condições, de uma vez por todas, de dizer que não e recuperar o equilíbrio. Além disso, há o namorado, o ex-namorado. Como ficou essa questão? Não digo quanto aos fatos (os fatos, evidentemente, indicam o fim da relação), mas sim no íntimo dela. Serei eu, afinal, o impulso que faltava, o empurrãozinho que sua dúvida esperava para voltar para ele? Além disso, existe a diferença de idade, minha condição de viúvo, meus três filhos, etc. E me decidir sobre que tipo de relação gostaria verdadeiramente de manter com ela. Isso é mais complicado do que parece. Se este diário tivesse um leitor que não fosse eu mesmo, teria que terminar o dia ao estilo dos folhetins: "Se você quer saber quais são as respostas a essas instigantes perguntas, leia o nosso próximo número".

Domingo, 19 de maio

Esperei por ela na esquina da Mercedes com a Río Branco. Chegou com apenas dez minutos de atraso. Seu traje completo de domingo a melhora muito, embora seja provável que eu estivesse especialmente preparado para considerá-la melhor, sempre melhor. Hoje sim estava nervosa. Essa questão do traje era um bom augúrio (queria causar uma boa impressão); os nervos, não. Pressenti que, por debaixo da maquiagem, suas faces e seus lábios estavam pálidos. No restaurante, escolheu uma mesa de fundo, quase escondida. "Não quer que a vejam comigo. Mau augúrio", pensei. Nem bem se sentou, abriu sua bolsa, tirou o espelhinho e se olhou. "Está conferindo sua aparência. Bom sinal." Dessa vez houve um quarto de hora (enquanto pedimos uns frios, o vinho, enquanto passamos manteiga no pão preto) em que o tema foram generalidades. De repente ela disse: "Por favor, não me crive com esse olhar de expectativa." "Não sei olhar de outra maneira", respondi, como um idiota. "Você quer saber a minha resposta", acrescentou, "e minha resposta é outra pergunta." "Pergunte então", eu disse. "O que significa isso de você estar apaixonado por mim?" Nunca me havia ocorrido que tal pergunta existisse, mas estava ali, a meu alcance. "Por favor, Avellaneda, não me faça parecer ainda mais ridículo. Quer que eu especifique para você, como um adolescente, o que é estar apaixonado?" "Não, de modo nenhum." "E então?" Na realidade, eu estava bancando o artista; no fundo, sabia o que ela estava querendo me dizer. "Bem", ela disse, "você não quer parecer ridículo, mas por outro lado não vê inconveniente em que eu faça esse papel. Você sabe o que eu quero dizer. Estar apaixonado pode significar, no linguajar masculino, muitas coisas diferentes." "Tem razão. Então imagine a melhor dessas muitas coisas. A isso me referia ontem, quando falei disso com você." Não era um diálogo de amor, que esperança. O ritmo oral parecia corresponder a uma conversa entre comerciantes, ou entre professores, ou entre políticos, ou entre quaisquer criaturas dotadas de contenção e equilíbrio. "Veja", continuei um pouco mais animado, "há o que se chama de realidade e o que se chama de aparências." "Arrá", ela disse, sem se decidir por parecer debochada. "Eu gosto de você nisso que se chama a realidade, mas os problemas aparecem quando penso nisso que se chama de aparências." "Que problemas?", perguntou, creio que desta vez verdadeiramente intrigada. "Não me faça dizer que eu podia ser seu pai, ou que você tem a idade de algum dos meus filhos. Não me faça dizer isso, porque essa é a chave de todos os problemas e, então sim, me sentirei bastante infeliz." Não respondeu nada. Fez bem. Era o menos arriscado. "Compreende, então?", perguntei, sem esperar resposta. "Minha intenção, exceto a facilmente explicável de me sentir feliz ou o mais próximo disso, é fazer com que você também o seja. E essa é a parte difícil. Você tem todas as condições de promover a minha felicidade, mas eu tenho pouquíssimas de promover a sua. E não pense que estou seguindo um roteiro preestabelecido. Em outra situação (quero dizer, melhor, em outras épocas), o mais correto seria que eu oferecesse a você um namoro sério, muito sério, talvez demasiado sério, com uma clara perspectiva de um casamento ao alcance da mão. Mas, se eu agora lhe oferecesse algo semelhante, calculo que seria muito egoísta da minha parte, porque só pensaria em mim, e o que mais quero agora não é pensar em mim e sim em você. Não posso esquecer – e você também não – que dentro de dez anos eu terei sessenta. 'Não exatamente um velho', poderá dizer um otimista ou um adulador, mas o advérbio ali pouco importa. Quero que fique assegurada minha honestidade quando lhe digo que nem agora, nem dentro de alguns meses, conseguirei reunir forças para falar de casamento. Porém – há sempre um porém –, de que falar então? Eu sei que, por mais que você entenda isso, é difícil, contudo, que admita outra proposta. Porque é evidente que existe outra proposta. Nessa outra proposta há espaço para o amor, mas não há, em compensação, para o casamento." Levantou os olhos, mas sem fazer qualquer questionamento. É provável que só tenha desejado ver meu rosto enquanto eu falava aquilo. Porém, a esta altura, eu já estava decidido a não me deixar deter. "A essa outra proposta, a imaginação popular, que costuma ser pobre em denominações, chama de Aventura ou Caso, e é bastante lógico que você se assuste um pouco. Para dizer a verdade, eu também estou assustado, antes de mais nada por temer que você pense que o que estou lhe propondo é uma aventura. Não me afastaria, talvez, nem um milímetro do centro da minha sinceridade se lhe dissesse que o que estou buscando, com ousadia, é um acordo, uma espécie de convênio entre meu amor e sua liberdade. Já sei, já sei. Você está pensando que a realidade é precisamente a inversa; que o que estou buscando é justamente seu amor e minha liberdade. Você tem todo o direito de pensar assim, mas reconheça que, de minha parte, tenho todo o direito de apostar tudo em uma única carta. E esta única carta reside na confiança que você pode ter em mim." Nesse momento, esperávamos a sobremesa. O garçom trouxe por fim os manjares dos deuses, e eu aproveitei para lhe pedir a conta. Imediatamente depois do último pedaço, Avellaneda limpou a boca fortemente com um guardanapo e me olhou sorrindo. Sua risada formava uma série de pequenos raios junto às comissuras dos lábios. "Eu gosto de você", ela disse.

Segunda-feira, 20 de maio

O plano traçado consiste na absoluta liberdade. Vamos nos conhecer e ver o que acontece, deixar que o tempo corra e depois revisar o resultado. Não há amarras. Não há compromissos. Ela é esplêndida.

Terça-feira, 21 de maio

"O tônico lhe faz bem", me disse Blanca ao meio-dia. "Você está animado, mais contente."

Sexta-feira, 24 de maio

É uma espécie de jogo, agora, no escritório. O jogo do Chefe e da Auxiliar. O combinado é não sair do ritmo, do trato normal, da rotina. Às nove da manhã, distribuo o trabalho: a Muñoz, a Robledo, a Avellaneda, a Santini. Avellaneda é uma a mais na lista, apenas uma de todos esses que estendem sua mão em frente à minha mesa para que eu lhes entregue as planilhas. Ali estão a mão de Muñoz, comprida, enrugada, com unhas parecendo garras; a mão de Robledo, curta, quase quadrada; a mão de Santini, de dedos finos, com dois anéis; e ao lado, a dela, com dedos parecidos aos de Santini, só que femininos ao invés de afeminados. Já a avisei que, cada vez que se aproxima junto com os outros e estende sua mão, deposito (mentalmente, claro) um beijo de cavalheiro sobre suas articulações afiladas, sensíveis. Ela diz que isso não se nota em minha cara de pedra. Às vezes me provoca, trata de me inocular uma vontade incontrolável de rir, mas eu me mantenho firme. Tão firme que esta tarde Muñoz se aproximou e me perguntou se estava acontecendo alguma coisa, pois fazia uns dias que me notava um pouco preocupado. "É por causa do balanço que se aproxima? Fique tranqüilo, chefe. Rapidamente colocamos os livros em dia. Em outros anos estávamos muito mais atrasados." Que me importa o balanço. Quase solto uma risada na sua cara. Mas é preciso dissimular. "Você acha mesmo, Muñoz, que conseguiremos? Veja que depois vêm os prazos dos auditores da Receita, e os chatos rejeitam três ou quatro vezes as declarações registradas, e, claro, isso faz com que fiquemos atolados de trabalho. É preciso dar duro, Muñoz, veja bem, este é o meu último balanço e quero que saia tudo nos conformes. Diga isso aos rapazes, certo?"

Domingo, 26 de maio

Hoje jantei com Vignale e Escayola. Ainda estou impressionado. Nunca tinha sentido com tanto rigor a passagem do tempo como hoje, quando me defrontei com Escayola depois de quase trinta anos sem vê-lo, sem saber nada dele. O adolescente alto, nervoso, brincalhão, converteu-se em um monstro pançudo, com um impressionante cangote, uns lábios carnudos e moles, um rosto com manchas que parecem de café derramado e umas bolsas horríveis penduradas debaixo dos olhos que sacodem quando ele ri. Porque agora Escoyola ri. Quando vivia na rua Brandzen, a eficácia de suas piadas residia precisamente em que ele as contava muito sério. Todos morríamos de rir, mas ele permanecia impassível. No jantar de hoje fez algumas brincadeiras, contou uma historieta que eu já sabia desde os tempos do colégio, narrou um episódio presumivelmente picante, extraído de sua atividade como corretor da Bolsa. O máximo que ele conseguiu foi que eu sorrisse moderadamente e que Vignale (realmente um capacho) soltasse uma gargalhada tão artificial que mais parecia uma pigarreada. Não pude me conter e lhe disse: "Com exceção de uns quilos extras, o que mais estranho agora é que você ri forte. Antes você soltava a mais chula das piadas com uma cara de velório que era sensacional." Passou pelos olhos de Escayola uma centelha de raiva, ou talvez de impotência, e em seguida começou a me explicar: "Sabe o que aconteceu? Eu sempre fazia as piadas com grande seriedade, você tem razão, que memória! Mas um dia me dei conta de que estava ficando sem material. Eu não gostava de contar piadas feitas por outros. Você sabe que eu era um criador. A piada que eu contava, ninguém tinha ouvido antes. Eu as inventava e às vezes tentava fazer verdadeiras séries de piadas com um personagem central, como nas historietas, e fazia aquilo render por duas ou três semanas. Pois bem, quando me dei conta de que não encontrava material (não sei o que aconteceu; quem sabe minha cachola se esvaziou), não quis me retirar na hora certa, como um bom esportista, e então comecei a repetir piadas que ouvia de outros. A princípio, eu fazia uma seleção, mas logo acabaram também as selecionadas, e então agreguei qualquer coisa ao meu repertório. E o pessoal, os rapazes (sempre tive minha turma) começaram a não rir, a não achar mais graça em nada do que eu dizia. Tinham razão, mas nem isso me fez abandonar os gramados, inventei outro recurso: rir eu mesmo, à medida que contava, a fim de impressionar o meu ouvinte e convencê-lo de que o chiste era, de fato, muito bem bolado. No início, me acompanhavam na risada, mas logo descobriram que estavam sendo enganados, aprenderam a reconhecer que meu riso não era precisamente um augúrio de comicidade garantida. Também aqui tinham razão, mas eu já não podia deixar de contar as piadas entre risadas. E aqui estou, você já pôde perceber, convertido num chato. Quer um conselho? Se você quer conservar nossa amizade, me fale de coisas trágicas."

Terça-feira, 28 de maio

Quase todos os dias ela vem tomar o café comigo. O tom geral da conversa é sempre de amizade. Na melhor das hipóteses, de amizade e algo mais. Mas vou fazendo progressos nesse "algo mais". Por exemplo, às vezes falamos de Nós Dois. Nós Dois é esse vínculo indefinido que nos une. Mas quando o mencionamos é sempre de fora. Explico-me: dizemos, por exemplo, que "no escritório ninguém ainda se deu conta de Nós Dois", ou que tal coisa aconteceu antes que começasse a existir Nós Dois. Mas, no fim das contas, o que é esse Nós Dois? Por ora, pelo menos, é uma espécie de cumplicidade frente aos outros, um segredo compartilhado, um pacto unilateral. Naturalmente, isso não é uma aventura, nem um caso, nem – menos ainda – um namoro. No entanto, é algo mais que uma amizade. O pior (ou o melhor) é que ela se sente bastante confortável com essa indefinição. Fala-me com toda confiança, com todo humor, creio que até com carinho. Tem uma visão muito pessoal e bastante irônica das coisas que a rodeiam. Não lhe agrada ouvir fofocas sobre o escritório, mas as têm todas bem catalogadas. Às vezes, no café, olha ao redor e deixa vir um comentário certeiro, pontual, irretocável. Hoje, por exemplo, havia uma mesa com quatro ou cinco mulheres, todas por volta dos trinta ou trinta e cinco anos. Olhou-as detidamente e depois me perguntou: "São escrivãs, não é verdade?" De fato, eram escrivãs. Conheço algumas delas, ao menos de vista, há anos. "Você as conhece?", perguntei a ela. "Não, nunca as tinha visto." "E, então, como acertou?" "Não sei; sempre consigo reconhecer as mulheres que são escrivãs." Têm traços e hábitos muito especiais, que não se repetem em outras profissionais. Ou pintam os lábios com um só traço duro, como quem escreve em um quadro-negro, ou têm um eterno pigarro de tanto ler escrituras, ou não sabem carregar suas bolsas, de tanto carregar pastas. Falam se contendo, como se não quisessem dizer nada que possa contrariar os códigos, e você nunca as verá se olhando num espelho. Olhe bem para aquela, a segunda da esquerda para a direita, tem umas panturrilhas de vice-campeã de atletismo. E a que está ao lado tem cara de quem não sabe fritar um ovo. Elas me dão calafrios, a você não?" Não, não me dão calafrios (mais ainda, lembro-me de uma escrivã que é dona do busto mais atraente deste universo e seus arredores), mas me diverte escutá-la quando se entusiasma a favor ou contra alguma coisa. As pobres escrivãs, masculinizadas, enérgicas, musculosas, seguiram discutindo, totalmente alheias à crítica demolidora que, a duas mesas de distância, ia acrescentando novas reprovações ao seu aspecto, à sua postura, à sua atitude, à sua conversa.

Quinta-feira, 30 de maio

Boa peça esse amigo de Esteban. Cobra-me cinqüenta por cento de minha gratificação pela aposentadoria. Mas me garante que não terei que trabalhar nem um dia a mais do que o necessário. A tentação é grande. Bem, era grande. Porque já caí. Fez uma contra-oferta de ficar com quarenta por cento e me recomendou que eu a aceitasse antes que ele se arrependesse, que não costumava fazer isso com ninguém, que nunca cobrava menos que cinqüenta por cento, que eu perguntasse por aí se quisesse, "porque na minha profissão há muitos exploradores e gente sem escrúpulos", que me fazia esse preço especial porque eu era o pai de Esteban. "Gosto do magrelo como se fosse um irmão. Durante quatro anos jogamos bilhar todas as noites. Isso une, senhor." Eu me lembrava de Aníbal, de nossa conversa no domingo, dia 5, quando eu lhe dizia: "Agora aquele que quer conseguir algo lícito também precisa subornar, e isso quer dizer esculhambação total".

Sexta-feira, 31 de maio

Dia 31 de maio era aniversário de Isabel. A que distância está. Uma vez, em um aniversário, dei-lhe de presente uma boneca. Era uma boneca alemã, que mexia os olhos e caminhava. Levei-a para casa em uma caixa comprida, de papelão duríssimo. Coloquei o presente sobre a cama e pedi que ela adivinhasse o que era. "Uma boneca", ela disse. Nunca a perdoei.

Nenhum dos meninos se lembrou da data: ao menos não me disseram nada. Haviam se afastado paulatinamente do culto de sua mãe. Creio que Blanca é a única que, na realidade, sente sua falta, a única que a menciona com naturalidade. Serei eu o culpado? Nos primeiros tempos, não falava muito sobre ela, somente porque me era doloroso. Agora também não falo muito sobre ela, porque temo me equivocar, temo falar de outra pessoa que nada tenha a ver com minha mulher.

Será que Avellaneda em algum momento se esquecerá assim de mim? Eis aqui o mistério: antes de começar a se esquecer, precisa lembrar, começar a se lembrar.

Domingo, 2 de junho

O tempo passa. Às vezes penso que teria que andar depressa, aproveitar o máximo possível estes anos que me restam. Hoje em dia, qualquer um pode me dizer, depois de escrutinar minhas rugas: "Ora, mas você ainda é um homem jovem". Ainda. Quantos anos me restam desse "ainda"? Penso nisso e me aflijo, tenho a angustiante sensação de que a vida está me escapando, como se minhas veias tivessem se aberto e eu não pudesse estancar o sangue. Porque a vida é muitas coisas (trabalho, dinheiro, sorte, amizade, saúde, complicações), mas ninguém vai me negar que, quando pensamos nessa palavra Vida, quando dizemos, por exemplo, que "nos apegamos à vida", estamos fazendo com que seja assimilada por outra palavra mais concreta, mais atraente, mais seguramente importante: estamos fazendo que seja assimilada pelo Prazer. Penso no prazer (qualquer forma de prazer) e estou certo de que isso é a vida. Daí vem a aflição, a trágica aflição destes cinqüenta anos que me mordem os calcanhares. Ainda me restam, assim espero, uns quantos anos de amizade, de saúde aceitável, de ocupações rotineiras, de expectativa diante da sorte, mas quantos me restam de prazer? Eu tinha vinte e cinco e era jovem; tinha trinta e era jovem; tinha quarenta e era jovem. Agora tenho cinqüenta anos e "ainda" sou jovem. "Ainda" quer dizer: está no fim.

E este é o lado absurdo de nosso acordo: dissemos que levaríamos tudo com calma, que deixaríamos o tempo correr, que depois reveríamos a situação. Mas o tempo corre, deixemos ou não, o tempo corre e faz com que ela seja a cada dia mais apetecível, mais madura, mais fresca, mais mulher, enquanto ameaça fazer de mim a cada dia um sujeito mais dado a achaques, mais gasto, menos valente, menos vital. Temos que apressar nosso encontro, porque em nosso caso o futuro é um desencontro inevitável. Todos os seus Mais correspondem aos meus Menos. Todos os seus Menos correspondem aos meus Mais. Compreendo que para uma jovem mulher pode ser um atrativo saber que alguém é um homem vivido, que há muito passou da inocência para a experiência, que pensa com a cabeça bem assentada sobre os ombros. É possível que isso seja um atrativo, mas como é breve. Porque a experiência é boa quando vem junto com o vigor; depois, quando o vigor se vai, resta apenas uma peça de museu, decorativa, cujo único valor reside em ser uma recordação daquilo que já se foi. A experiência e o vigor são simultâneos por muito pouco tempo. Estou agora nesse pouco tempo. Não se trata, porém, de uma sorte invejável.

Terça-feira, 4 de junho

Sensacional. A Valverde brigou com Suárez. Todo o escritório está convulsionado. A cara de Martínez era um hino. Para ele, essa ruptura significa, pura e simplesmente, a subgerência. Suárez não veio pela manhã. À tarde chegou com um roxo na testa e cara de velório. O gerente o chamou e lhe deu uma carraspana. Isso quer dizer que não se trata de um simples rumor, mas de uma versão realmente oficial e autorizada.

Sexta-feira, 7 de junho

Até agora havíamos ido duas vezes ao cinema, mas depois ela ia embora sozinha. Hoje, em compensação, acompanhei-a até em casa. Ela estivera muito cordial, muito próxima. Na metade do filme, quando Alida Valli sofre tanto com o imbecil do Farley Granger, senti, de repente, que sua mão pousava em meu braço. Creio que foi um movimento involuntário, mas o caso é que depois disso ela não a retirou. Há dentro de mim um senhor que não quer forçar os acontecimentos, mas há também um outro senhor que pensa obsessivamente em apressar tudo.

Descemos na 8 de Octubre e caminhamos as três quadras restantes. Estava escuro, mas se tratava da pura escuridão da noite, sem mais nem meio mais. A UTE[4], a velha e generosa UTE, me presenteava com um blecaute. Ela ia caminhando afastada de mim, como que a um metro de distância. Mas, ao me aproximar de uma esquina (uma esquina com uma quitanda, com uma mesa de truco iluminada a vela), alguém separou lentamente sua sombra da sombra de uma árvore. E o metro de distância se evaporou e, antes que eu me desse conta, ela estava me dando o braço. O dono da sombra era um bêbado, um bêbado inofensivo e indefeso que murmurava: "Vivam os pobres de espírito e o Partido Nacional!" Senti que ela reprimia um sorrisinho e que afrouxava a tensão de seus dedos. Sua casa é a número 368 de uma rua com nome e sobrenome, algo como Ramón P. Gutiérrez ou Eduardo Z. Domínguez, não me lembro. Tem saguão e sacadas. A porta estava fechada, mas ela me contou que também há uma cancela com algo que pretende se passar por vitrais. "Dizem que o dono quis imitar os vi-

---

4. Empresa estatal responsável pelas usinas e transmissões elétricas no Uruguai. (N.T.)

trais de Notre Dame, mas garanto a você que há um San Sebastián que mais parece o Gardel."

Não abriu logo. Encostou-se brandamente contra a porta. Pensei que a maçaneta de bronze estaria roçando sua coluna vertebral. Mas ela não se queixava. Então disse: "Você é muito bom. Quero dizer, você se comporta muito bem." E eu, que me conheço, menti como um santo: "Claro que sou muito bom. Mas não tenho certeza de estar me comportando bem." "Não seja convencido", ela disse, "não lhe ensinaram, quando garoto, que quando alguém se comporta bem não deve ficar se gabando por isso?" Era o momento que eu esperava. "Quando eu era garoto, me ensinaram que, sempre que alguém se comporta bem, recebe um prêmio. Será que eu não mereço um?" Houve um instante de silêncio. Não podia ver seu rosto porque as folhas de um maldito pinheiro municipal interceptavam a luz da lua. "Sim, você merece", ouvi-a dizer. Então seus dois braços emergiram do escuro e se apoiaram em meus ombros. Deve ter visto essa preparação em algum filme argentino. Mas o beijo que se seguiu não tirou de nenhum filme, tenho certeza. Gosto de seus lábios, quero dizer, do gosto que eles tem, o modo como penetram, como se entreabrem, como se escapam. Naturalmente, não é a primeira vez que beija. E daí? Depois de tudo, é um alívio voltar a beijar na boca e com confiança e com carinho. Não sei como, não sei que movimento estranho executamos, mas o certo é que, de repente, senti que a maçaneta de bronze estava se afundando junto à minha coluna vertebral. Estive uma meia hora na porta do 368. Que avanços, Senhor. Nem ela nem eu dissemos nada, mas depois desse dia alguma coisa ficou estabelecida. Amanhã pensarei nisso. Agora estou cansado. Também poderia dizer: feliz. Mas me sinto muito alerta para estar totalmente feliz. Alerta diante de mim mesmo, diante da sorte, diante desse único futuro tangível que se chama amanhã. Alerta quer dizer: desconfiado.

Domingo, 9 de junho

Talvez eu seja um maníaco da eqüidistância. Em cada problema que me é apresentado, nunca me sinto atraído pelas soluções extremistas. É possível que essa seja a raiz de minha frustração. Uma coisa é evidente: se, por um lado, as atitudes extremistas provocam entusiasmo, arrebatam os outros, são indícios de vigor, por outro, as atitudes equilibradas são geralmente incômodas, às vezes desagradáveis e quase nunca parecem heróicas. Em geral, é preciso bastante coragem (um tipo muito especial de coragem) para manter o equilíbrio, mas não se pode evitar que aos demais isso lhes pareça uma demonstração de covardia. Além disso, o equilíbrio é maçante. E o equilíbrio é, hoje em dia, uma grande desvantagem que em geral as pessoas não perdoam.

Qual é o propósito de tudo isso? Ah, sim. A eqüidistância que agora busco tem a ver (o que não tem a ver com ela na minha vida atual?) com Avellaneda. Não quero prejudicá-la nem me prejudicar (primeira eqüidistância); não quero que nosso vínculo carregue consigo a absurda situação de um namoro com cara de casamento, nem tampouco que adquira o matiz de um caso vulgar e selvagem (segunda eqüidistância); não quero que o futuro me condene a ser um velho desprezado por uma mulher na plenitude de seus sentidos, nem tampouco que, por medo desse futuro, fique eu à margem de um presente como este, tão atrativo e insubstituível (terceira eqüidistância); não quero (quarta eqüidistância) que rodemos de motel em motel, nem tampouco que tenhamos que fundar um Lar com letra maiúscula.

Soluções? Primeira: alugar um apartamentinho. Sem abandonar minha casa, claro. Bem, primeira e última. Não há outra.

Segunda-feira, 10 de junho

Frio e vento. Que praga. E pensar que, quando tinha quinze anos, eu gostava do inverno. Agora começo espirrar a não mais poder. Às vezes tenho a sensação de que, em vez de um nariz, tenho um tomate maduro, com essa madureza que têm os tomates dez segundos antes de começarem a apodrecer. Quando já estou lá pelo trigésimo espirro, não posso evitar a sensação de inferioridade em relação ao resto do gênero humano. Admiro o nariz dos santos, esses narizes afilados e livres que têm, por exemplo, os santos de El Greco. Admiro o nariz dos santos, porque eles (é evidente) jamais ficavam resfriados, jamais eram dizimados por esses acessos de espirro. Jamais. Se tivessem espirrado em uma seqüência de vinte ou trinta explosões consecutivas, não teriam podido deixar de se entregar devotadamente à imprecação oral e intelectual. E quem impreca – até mesmo no mais simples de seus maus pensamentos – está fechando o caminho da Glória para si mesmo.

Terça-feira, 11 de junho

Não disse nada a ela, mas me lancei à procura de um apartamento. Tenho um, ideal, em mente. Infelizmente, para os apartamentos ideais não há barganhas, sempre saem caros.

Sexta-feira, 14 de junho

Deve fazer cerca de um mês que não tenho uma conversa com Jaime ou com Esteban que supere os cinco minutos. Entram resmungando, enfurnam-se em seus quartos, comem em silêncio enquanto lêem o jornal, saem reclamando e voltam de madrugada. Blanca, por outro lado, está amável, conversadora, feliz. Vejo pouco o Diego, reconheço sua presença no rosto de Blanca. Não estou enganado: é um bom sujeito. Sei que Esteban está envolvido em outro negócio. Arrumaram-lhe isso no clube. Tenho a impressão, contudo, de que começa a se arrepender por ter se deixado envolver por completo. Algum dia perderá a paciência, já posso até ver, e mandará tudo para o inferno. Tomara que seja logo. Não me agrada vê-lo envolvido em uma empreitada que aparentemente contraria suas velhas convicções. Não me agrada que se torne um cínico, um desses falsos cínicos que, quando chega a hora da censura, defendem-se com: "É o único jeito de progredir, de vencer na vida". Jaime, sim, trabalha e é bom nisso; gostam dele no emprego. Mas o seu problema é de outra natureza. O pior é que não sei em que consiste. Está sempre nervoso, insatisfeito. Aparentemente ele tem caráter, mas não estou muito certo de que se trata de caráter ou se é capricho. Não gosto de seus amigos. Têm um quê de janotas, vêm de Pocitos e talvez no fundo o desprezem. Aproveitam-se dele, porque Jaime é hábil, manualmente hábil, e está sempre fazendo algo a serviço deles. De graça, só para variar. Nenhum deles trabalha, são filhinhos de papai. Às vezes os ouço protestar: "Cara, que desgraça esse seu emprego. Nunca podemos contar com você". Dizem *emprego* como quem cumpre uma proeza, como um salvacionista que se aproxima de um mendigo bêbado e, trespassado de asco e piedade, toca-o com a ponta do sapato; dizem *emprego* como se depois de dizê-lo tivessem que se desinfetar.

Sábado, 15 de junho

Encontrei o apartamento. Bastante próximo do ideal e incrivelmente barato. De todo modo, terei que espremer o orçamento, mas espero que dê. Fica a cinco quadras da Dieciocho com a Andes. Além disso, tem a vantagem de que posso mobiliá-lo por quase nada. Bem, quase nada é modo de dizer. Não terei outro remédio a não ser esgotar o meu saldo de $ 2.465,79 junto ao crédito hipotecário.

Esta noite sairei com ela. Não pretendo lhe dizer nada.

Domingo, 16 de junho

Apesar disso, acabei contando a ela. Vencíamos as três quadras desde a 8 de Octubre até sua casa, desta vez sem blecaute. Creio que gaguejei, invoquei nosso plano de absoluta liberdade, de nos conhecermos e ver o que acontece, de deixar o tempo correr e então analisar. Tenho certeza de que gaguejei. Faz um mês que ela apareceu na Veinticinco com a Misiones para cobrar seu café. "Quero propor algo a você", eu disse. Trato-a de modo mais informal desde a sexta-feira, dia 7, mas ela continua reservada. Pensei que ela fosse responder: "já sei", o que teria sido um grande alívio para mim. Mas não. Deixou-me arcar com todo o peso da proposta. Desta vez não adivinhou ou não quis adivinhar. Nunca fui especialista em prolegômenos, de modo que me restringi ao indispensável: "Aluguei um apartamento. Para nós dois." Foi uma pena que não houvesse um blecaute, porque assim eu não teria visto o seu olhar. Era triste, talvez. Nunca tive muita certeza do que as mulheres querem dizer quando me olham. Às vezes penso que me interrogam e, depois de um tempo, me dou conta de que, na realidade, estavam me respondendo. Entre nós dois pairou, por um momento, uma palavra como uma nuvem, como uma nuvem que começou a se mover. Ambos pensamos na palavra casamento, ambos percebemos que a nuvem se afastava, que amanhã o céu estaria limpo. "Sem me consultar?", perguntou. Respondi que sim com a cabeça. A verdade: eu tinha um nó na garganta. "Está bem", ela disse, cuidando de sorrir, "tenho que ser tratada assim, pelo método das situações criadas." Estávamos no saguão. A porta estava aberta, porque era muito mais cedo do que no outro dia. Havia luzes aqui e acolá. Não havia espaço para o mistério. Somente essa outra coisa que se chama silêncio. Comecei a compreender que minha proposta não era um êxito completo. Mas aos cinqüenta já não se pode aspirar a êxitos completos. E se ela tivesse dito não? Por essa falta de negativa estava pagando um preço, e esse preço era a situação incômoda, o momento desagradável, quase penoso, de vê-la calada na minha frente, um pouco curvada em seu casaco escuro, com uma cara de quem diz adeus a uma porção de coisas. Não me beijou. Eu também não tomei a iniciativa. Seu rosto estava tenso, endurecido. Logo, sem aviso prévio, pareceu que todos os seus recursos se afrouxavam, como se tivesse renunciado a uma máscara insuportável, e assim como estava, olhando para cima, com a nuca apoiada contra a porta, começou a chorar. E não era o famoso pranto de felicidade. Era esse pranto que sobrevém quando alguém se sente opacamente desgraçado. Quando alguém se sente brilhantemente desgraçado, então sim vale a pena chorar acompanhado de tremores, convulsões e, sobretudo, com público. Mas, quando além de desgraçado, alguém se sente opaco, quando não há espaço para a rebeldia, o sacrifício ou o heroísmo, então é preciso chorar sem ruído, porque ninguém pode ajudar e porque se tem consciência de que isso passa e ao final se retoma o equilíbrio, a normalidade. Assim era o pranto dela. Nesse ponto ninguém me engana. "Posso ajudá-la?", eu disse, apesar de tudo, "posso amenizar esta situação?" Perguntas vãs. Puxei mais uma, lá do fundo de minhas dúvidas: "O que está acontecendo? Quer que a gente se case?" Mas a nuvem já ia distante. "Não", ela disse, "choro porque tudo isso é uma pena." E está certo. Tudo é uma pena: que não houvesse blecaute, que eu tenha cinqüenta, que ela seja uma boa menina, que existam meus três filhos, seu antigo namorado, o apartamento... Tirei meu lenço e sequei os seus olhos. "Já passou?", perguntei. "Sim, passou." Era mentira, mas ambos compreendemos que fazia bem em mentir. Com o olhar ainda convalescente, acrescentou: "Não pense que sou sempre tão boba". Ela usou um tom bastante íntimo. Então, havíamos superado as formalidades.

Quinta-feira, 20 de junho

Há quatro dias que não escrevo nada. Entre os trâmites para alugar o apartamento, a aceitação da garantia, o saque dos $ 2.465,79, a compra de alguns móveis, vivi em tremenda agitação. Amanhã me entregam o apartamento. No sábado à tarde chega a mudança.

Sexta-feira, 21 de junho

Demitiram o Suárez, é incrível, mas o demitiram. O pessoal alimentou alegremente o rumor de que a Valverde havia feito pressão para que o liquidassem. O mais surpreendente é que a causa da demissão não podia ser menor. A Expedição mandou duas encomendas equivocadas. Suárez nem sequer se inteirou desses envios, seguramente efetuados por um desses rapazes novatos e distraídos que tem como tarefa empacotar. Em um passado não muito distante, Suárez fez uma boa quantidade de tolices e ninguém lhe disse nada. É claro, há três ou quatro dias o gerente já teria ordens de defenestrar o amante em desgraça; mas Suárez, farejando o que estava por vir, comportava-se como um garoto exemplar. Chegava na hora, houve alguns dias em que trabalhou inclusive umas horinhas extras; estava cordial, humilde, disciplinado. Isso, porém, de nada lhe valeu. Mesmo que não tivesse ocorrido esse erro na Expedição, estou certo de que o teriam despedido de qualquer maneira, por fumar demais ou por não haver engraxado os sapatos. Por outro lado, algum malicioso garante que os pacotes foram enviados com o endereço errado por ordem expressa e confidencial da Gerência. Eu não ficaria nem um pouco surpreso.

Quando comunicaram a notícia a Suárez, dava pena vê-lo. Foi até o Caixa, exigiu sua indenização, voltou ao seu escritório e começou a esvaziar as gavetas, em silêncio, sem que ninguém se aproximasse para lhe perguntar o que estava acontecendo, ou para lhe dar algum conselho, ou para lhe oferecer ajuda. Em apenas meia hora, havia se tornado um sujeito indesejável. Já faz anos que não falo com ele (desde o dia em que me dei conta de que ele furtava dados confidenciais da Contadoria e os repassava a um dos diretores para envenená-lo contra os outros), mas juro que hoje me deu vontade de me aproximar e lhe dizer alguma palavra amiga, de consolo. Não o fiz porque se trata de um sujeito imundo e também porque não o merecia, mas não pude deixar de sentir um pouco de asco diante dessa mudança total e repentina (da qual participaram desde o presidente da Direção até o último dos subalternos), baseada pura e exclusivamente na suspensão das relações entre Suárez e a filha de Valverde. Pode parecer insólito, mas o clima dessa empresa comercial depende, em grande parte, de um orgasmo privado.

Sábado, 22 de junho

Não fui ao escritório. Aproveitando o caos jubiloso de ontem, pedi ao gerente a devida autorização para faltar esta manhã. Foi-me concedida entre sorrisos e até com o estimulante e risonho comentário de que não sabia como iriam se ver sem o homem-chave do escritório. Será que estão querendo me empurrar a filha de Valverde? Nossa.

Recebi os móveis no apartamento e trabalhei como um escravo. Ficou bem. Nada de um moderno gritante. Não me agradam essas cadeiras funcionais, com essas pernas ridiculamente instáveis, que desmoronam só de olhá-las com rancor. Não me agradam esses encostos que sempre parecem feitos a partir das medidas de outro usuário. Não me agradam essas luminárias que sempre iluminam o que ninguém tem interesse em ver nem em mostrar, como, por exemplo, teias de aranha, baratas, fusíveis.

Creio que é a primeira vez que arrumo um ambiente ao meu gosto. Quando me casei, minha família nos deu de presente o dormitório, e a família de Isabel a sala de jantar. Não combinavam em nada, mas não importa. Depois, vinha minha sogra e decretava: "O que vocês precisam é de um quadrinho no living". Não era preciso dizer duas vezes. Na manhã seguinte, aparecia uma natureza-morta, com salames, queijo parmesão, um melão, pão feito em casa, garrafas de cerveja, enfim, algo que me tirava o apetite por um semestre. Outras vezes, geralmente em função de algum aniversário, certo tio nos mandava gaivotas para pendurar na parede do quarto ou duas maiólicas[5] com uns pajenzinhos afeminados que eram quase repugnantes. Depois que Isabel morreu, e à medida que o tempo, minhas distrações e o serviço doméstico foram acabando com as naturezas-mortas, com as gaivotas e os pajenzinhos, Jaime foi enchendo a casa com essas palhaçadas que precisam de uma explicação periódica. Às vezes os vejo, ele e seus amigos, extasiados em frente a uma jarra alada, recortes de jornais, uma porta e testículos, e os ouço comentar: "Que bela reprodução!" Não entendo nem quero entender, porque a verdade é que sua admiração tem jeito de hipocrisia! Um dia lhes perguntei: "E por que vocês não trazem alguma vez uma gravura com algo de Gauguin, de Monet, de Renoir?

5. Cerâmica pintada com esmalte metálico. (N.T.)

São maus, por acaso?" Então Danielito Gómez Ferrando, um pirralho que vai dormir todos os dias às cinco da manhã, porque "as horas da noite são as mais autênticas", um almofadinha que não pisa em um restaurante depois que avistou alguém por ali que usa um palito de dentes, esse sujeito, justamente esse, me respondeu: "Mas, senhor, nós somos pelo Abstrato". Ele, por sua vez, não é nada abstrato com seu rostinho sem pestanas e sua eterna expressão de gatinha prenhe.

Domingo, 23 de junho

Abri a porta e me pus de lado para lhe dar passagem. Entrou com passinhos curtos, olhando tudo com extrema atenção, como se quisesse ir absorvendo lentamente a luz, o clima, o cheiro. Passou uma mão sobre a mesinha, depois pelo estofamento do sofá. Nem sequer olhou na direção do quarto. Sentou-se, quis sorrir e não pôde. Pareceu-me que lhe tremiam as pernas. Mirou as reproduções da parede: "Botticelli", ela disse, equivocando-se. Era Filippo Lippi. Haverá tempo para esclarecer isso a ela. Começou a fazer perguntas sobre qualidades, preços e lojas de móveis. "Gosto", pronunciou três ou quatro vezes.

Eram sete da noite; o sol, quase posto, dava um tom alaranjado ao papel de parede creme. Sentei-me ao seu lado e ela enrijeceu. Não havia nem sequer largado a bolsa. Pedi-lhe. "Lembra que não é uma visita, mas sim a dona da casa?" Então, fazendo um esforço, soltou um pouco os cabelos, tirou o casaco, estendeu nervosamente as pernas. "O que está acontecendo?", perguntei. "Está assustada?" "Pareço assustada?", respondeu com outra pergunta. "Francamente, sim." "Pode ser, mas não tem a ver nem comigo nem com você." "Já sei, está assustada somente com a situação." Pareceu-me que se acalmava. Uma coisa era certa. Não estava seguindo um papel. A palidez significava que o susto era sincero. Sua atitude não era a mesma dessas balconistas que aceitam ir a um motel, mas que, no instante seguinte, quando o táxi pára, têm uma crise histérica pontual e chamam a mamãe aos gritos. Não, nada nela é teatro. Estava confusa e eu não queria – talvez não me fosse conveniente – perguntar com muita insistência sobre as causas dessa confusão. "O que acontece é que preciso me acostumar com a idéia", ela disse, talvez para me consolar. Ela se dava conta de que eu estava um pouco desalentado. "A gente sempre imagina essas coisas de modo um pouco diferente de como realmente acabam acontecendo. Mas tenho que reconhecer uma coisa e agradecer a você por isso. Tudo isso que você preparou não é muito diferente do que eu tinha imaginado." "Desde quando?" "Desde que ia ao colégio e estava apaixonada pelo professor de matemática." A mesa estava posta, com os pratos lisos, amarelos, que a empregada do bazar havia escolhido para mim. (Isso não é totalmente verdade, porque também me agradaram.) Servi a comida, cumpri com toda dignidade o papel de anfitrião. Gostou de tudo, mas a tensão não permitia que ela desfrutasse de nada. Quando chegou o momento de abrir o champanhe, já não estava pálida. "Até que horas pode ficar?", perguntei. "Até tarde." "E a sua mãe?" "Minha mãe sabe que estamos juntos."

Um golpe baixo, evidentemente. Assim não vale. Eu me senti como se estivesse pelado, com essa desesperadora nudez dos sonhos, quando alguém caminha só de cuecas pela Sarandí e a gente o festeja das calçadas. "E por que você contou?", me atrevi a perguntar. "Minha mãe sabe tudo o que acontece comigo." "E seu pai?" "Meu pai vive no mundo da lua. É alfaiate. Horrível. Horrível. Nunca faça um traje com ele. Segue sempre as medidas de um mesmo manequim. Além disso, é teósofo. E anarquista. Nunca pergunta nada. Às segundas se reúne com seus amigos teósofos e faz comentários sobre a Blavatsky até de madrugada; às quintas vão lá em casa seus amigos anarquistas e discutem com vigor sobre Bakunin e Kropótkin. No mais, é um homem terno, pacífico, que às vezes me olha com uma paciência doce e me diz coisas úteis, as coisas mais úteis que já ouvi." Me agrada bastante que ela fale dos seus, mas hoje isso me agradou especialmente. Pareceu-me se tratar de um bom presságio para a inauguração de nossa nova intimidade. "E a sua mãe? O que diz de mim?" Meu trauma psíquico provém da mãe de Isabel. "De você? Nada. Fala de mim." Terminou com o resto de champanhe que sobrava na taça e limpou os lábios com um guardanapo de papel. Já não lhe restava nada da pintura. "Diz que eu sou uma exagerada, que não tenho serenidade." "Isso em relação ao nosso caso ou em relação a tudo?" "A tudo. Sua teoria, a grande teoria de sua vida, a que a mantém em vigor, é que a felicidade, a verdadeira felicidade, é um estado muito menos angelical e até muito menos agradável do que alguém costuma sonhar. Ela diz que as pessoas acabam, geralmente, sentindo-se infelizes apenas por ter acreditado que a felicidade era uma permanente sensação de indefinível bem-estar, de prazeroso êxtase, de festa perpétua. Não, ela diz, a felicidade é muito menos (ou talvez muito mais, mas de qualquer maneira uma coisa diferente) e é certo que muitos desses supostos infelizes são, na realidade, felizes, mas não se dão conta, não admitem isso, porque acreditam que estão longe demais do bem-estar máximo. É algo semelhante ao que acontece com os desiludidos da Gruta Azul. A que eles imaginam é uma gruta de fadas, não sabiam bem como era, somente que era uma gruta de fadas, e chegam lá e descobrem que, ao contrário, todo o milagre consiste em que alguém quando põe as mãos na água as vê levemente azuis e luminosas." É evidente que lhe dá prazer relatar as reflexões de sua mãe. Creio que as diz com uma convicção inalcançável para ela, mas também com uma convicção que ela gostaria fervorosamente de possuir. "E você, como se sente?", perguntei. "Como se pudesse ver as mãos levemente azuis e luminosas?" A interrupção a trouxe de volta à terra, ao momento especial que era este hoje. Ela disse: "Ainda não as introduzi na água", mas logo em seguida sorriu. Porque, claro, podia-se tomar a frase como um convite, até mesmo por uma urgência que ela não quisera formular. Eu não tive culpa, mas ali se configurava uma repentina desvantagem para mim. Levantou-se e se recostou contra a parede, perguntou-me num tonzinho que queria ser simpático, mas que era notoriamente inibido: "Posso pedir um primeiro favor?" "Pode", respondi, e já me enchia de temores. "Você deixa que eu me vá, sem nada mais? Hoje, somente hoje. Prometo que amanhã tudo sairá bem." Senti-me desiludido, imbecil, compreensivo. "Claro que deixo. Foi ótimo, não faltou nada." Mas faltava. Claro que faltava.

Segunda-feira, 24 de junho

Esteban está doente. O médico diz que pode ser algo sério. Esperamos que não. Pleurite ou alguma coisa no pulmão. Não se sabe. Quando os médicos saberão? Depois de almoçar, entrei no seu quarto para ver como estava. Ele lia, o rádio aceso. Quando me viu entrar, fechou o livro, depois de dobrar o canto superior da página que estava lendo. Apagou o rádio. Era como se dissesse: "Bem, lá se foi minha privacidade". Fingi que não tinha me dado conta disso. Eu não sabia o que dizer. Nunca sei o que falar com Esteban. Qualquer que seja o assunto de que tratemos, é fatal que terminemos discutindo. Perguntou-me como ia o processo da minha aposentadoria. Acho que vai bem. Na realidade, não pode ser muito complicada. Faz tempo que organizei todas as etapas, que paguei as contas que devia, que fiz a regularização de meus dados. "Segundo o seu amigo, o assunto não será longo." O tema Minha Aposentadoria é dos mais freqüentes entre mim e Esteban. Há uma espécie de acordo tácito em mantê-lo sempre em dia. Contudo, hoje fiz uma tentativa: "Bem, conte-me um pouco como vão as suas coisas. Nunca falamos disso." "É verdade. Vai ver que é porque tanto você quanto eu andamos sempre muito ocupados." "Deve ser. Mas me diz uma coisa: é verdade que você tem muito trabalho no escritório?" Uma pergunta idiota, sem propósito. A resposta foi a prevista, embora não a que eu previra. "O que exatamente você quer dizer com isso? Que nós, funcionários públicos, somos todos uns desocupados? É isso que você quer dizer? Claro, somente vocês, os notáveis empregados do comércio, têm o privilégio de ser eficazes e trabalhadores." Me senti duplamente irritado, porque eu era o culpado daquilo tudo. "Escute, não seja tolo. Não quis dizer isso, nem cheguei a pensar numa coisa dessas. Você está suscetível como uma solteirona. Ou então tem o rabo preso." De modo inesperado, ele não disse nada ofensivo. A febre deve tê-lo debilitado. Mais ainda, chegou a se desculpar: "Pode ser que você tenha razão. Ando sempre de mau humor. Eu é que sei. Como se me sentisse incomodado comigo mesmo." Como confidência, e partindo de Esteban, era quase um exagero. Mas, como autocrítica, acho que se aproxima bastante da verdade. Faz tempo que tenho a impressão de que o caminho trilhado por Esteban não é o que lhe dita sua consciência. "O que você dirá se eu abandonar o emprego público?" "Agora?" "Bem, agora não. Quando me recuperar, se isso acontecer. Disse o médico que isso pode levar ainda uns quatro meses. "E a que se deve essa mudança súbita?" "Não me faça tantas perguntas. Não é suficiente saber que eu quero mudar?" "Sim, é suficiente. Você me deixa muito contente. A única coisa que me preocupa é que, se precisar de uma licença médica, é mais fácil consegui-la onde você está agora." "Você, quando teve tifo, foi demitido? E ficou fora por uns seis meses, não é verdade?" De fato, eu o contestava pelo puro prazer de ouvi-lo se afirmar. "O que importa agora é que se cure. Depois veremos o resto." Então ele se lançou em um longo retrato de si mesmo, de suas limitações, de suas esperanças. Tão longo que cheguei ao escritório às três e quinze e tive que me desculpar com o gerente. Eu estava impaciente, mas não me sentia no direito de interrompê-lo. Era a primeira vez que Esteban se abria. Não podia decepcioná-lo. Depois foi a minha vez de falar. Dei-lhe alguns conselhos, mas bastante amplos, sem fronteiras específicas. Não queria assustá-lo. E creio que não o assustei. Quando fui embora, dei-lhe um tapinha no joelho que se avultava debaixo da colcha. E ele me deu um sorriso. Meu Deus, pareceu-me o rosto de um estranho. Será possível? Por outro lado, um estranho cheio de simpatia. E é meu filho. Que bom.

Tive que ficar até tarde no escritório e, em função disso, postergar o começo de minha "lua-de-mel".

Terça-feira, 25 de junho

Um trabalho descomunal. Ficou tudo para amanhã.

Quarta-feira, 26 de junho

Tive que trabalhar até as dez da noite. Estou literalmente arrebentado.

Quinta-feira, 27 de junho

Creio que hoje deve ser o último dia de sufoco. Nunca vi um pedido de relatório mais complicado e ao mesmo tempo inútil. E já temos o balancete pronto.

Esteban não teve febre. Menos mal.

Sexta-feira, 28 de junho

Finalmente. Às sete e meia saí do escritório e fui para o apartamento. Ela chegara antes, havia aberto a porta com sua chave e já estava instalada. Quando cheguei, recebeu-me alegremente, sem inibições, outra vez com um beijo. Comemos. Falamos. Rimos. Fizemos amor. Tudo esteve tão bem que nem vale a pena descrevê-lo. Estou rezando: "Que dure", e para pressionar Deus vou bater na madeira.

Sábado, 29 de junho

Parece que a doença de Esteban não é tão séria. A radiografia e os exames desmentiram o médico e seu mau agouro. É do tipo que gosta de aterrorizar, ao menos de anunciar a proximidade de terríveis complicações, de perigos indefinidos e implacáveis. Depois, se a realidade não é tão sinistra, sobrevém uma grande sensação de alívio, e o alívio familiar é, no mais das vezes, o melhor clima possível para pagar sem aborrecimento, até com gratidão, uma conta abusivamente alta. Quando alguém pergunta ao médico, com humildade, quase com vergonha, sentindo claramente o constrangimento de tocar em um tema tão vulgar e grosseiro diante de quem sacrifica sua vida e seu tempo pela saúde do próximo: "Quanto é, doutor?", ele sempre diz, acompanhando suas palavras com um gesto generoso e compreensivo de desconforto: "Por favor, amigo, logo mais tratamos desse assunto. E não se apresse, pois comigo nunca haverá problema." Em seguida, para resgatar a dignidade humana desse sórdido buraco, faz uma pausa, muda de tema e passa a dar um discurso sobre o caldinho que amanhã o doente deverá tomar. Depois, quando chega finalmente a hora de discutir o assunto, vem a conta gorda, em separado, pelo correio, e a gente fica um pouco atordoado diante da cifra, talvez porque nesse momento não esteja presente o sorriso afável, paternal, franciscano daquele austero mártir da ciência.

Domingo, 30 de junho

Um dia inteiro para nós dois, do café-da-manhã em diante. Cheguei ansioso para verificar, para comprovar tudo. O que ocorreu sexta-feira foi uma coisa única, mas torrencial. Tudo passou tão rápido, de modo tão natural, com tanta felicidade, que não pude fazer nem uma única anotação mental. Quando se está no foco da própria vida, é impossível refletir. E eu quero refletir, medir o mais aproximadamente possível esta coisa estranha que está acontecendo comigo, reconhecer meus próprios sinais, compensar minha falta de juventude com meu excesso de consciência. E, entre os detalhes que quero verificar, está o tom de sua voz, os matizes de sua voz, desde a extrema sinceridade ao ingênuo dissimular; está seu corpo, o qual virtualmente não vi, mas pude descobrir, porque preferi pagar de modo deliberado esse preço a fim de sentir a tensão afrouxar, seus nervos cederem lugar aos sentidos; preferi que a escuridão fosse realmente impenetrável, à prova de toda e qualquer fresta iluminada, para que seus estremecimentos de vergonha, medo, sei lá, se transformassem paulatinamente em outros estremecimentos, mais tíbios, mais normais, mais próprios da entrega. Hoje ela me disse: "Estou feliz que tudo tenha acontecido", e parecia, pelo impulso das palavras, pela luz de seus olhos, que estivesse se referindo a um exame, a um parto, a um ataque, a qualquer coisa de maior risco e responsabilidade do que a simples, corrente, cotidiana operação de um homem e *uma* mulher irem juntos para a cama. "Diria até que me sinto sem culpa, limpa de pecado." Devo ter feito um gesto de impaciência, porque em seguida ela esclareceu: "Sei que você não pode entender isso, que é algo que foge ao campo de visão masculina. Para vocês, fazer amor é uma espécie de trâmite normal, de obrigação quase higiênica, raras vezes um assunto de consciência. É invejável como podem separar esse detalhe que se chama sexo de tudo mais que é essencial, de todas as outras zonas da vida. Vocês mesmos inventaram isso de que o sexo é tudo na mulher. Inventaram e depois desfiguraram essa invenção, converteram a coisa em uma caricatura do que verdadeiramente significa. Quando vocês dizem isso, pensam na mulher como uma gozadora vocacional, impenitente. O sexo é tudo na mulher quer dizer que sua vida inteira gira em torno disso, os seus enfeites, sua arte de enganar, seu verniz de cultura, suas lágrimas prontas, todo o seu aparato de sedução para agradar ao homem e convertêlo em provedor de sua vida sexual, de sua exigência sexual, de seu rito sexual." Estava entusiasmada e até parecia irritada comigo. Olhava-me com uma ironia tão segura, que parecia a depositária de toda a dignidade feminina sobre a face da Terra. "E nada disso é verdade?", perguntei, sem outro intuito que não provocá-la, porque ficava linda demais em sua atitude agressiva. "Algo disso é verdade, às vezes. Sei que há mulheres que são apenas isso. Mas há outras, a maioria, que não são assim, e outras mais que, embora sejam, são também outra coisa, seres humanos complexos, egocêntricos, extremamente sensíveis. Talvez seja verdade que o ego feminino seja sinônimo de sexo, mas é preciso entender que a mulher identifica o sexo com a consciência. Aí pode estar a maior culpa, a maior felicidade, o problema mais árduo. Para vocês, é tão diferente. Compare, se quiser, o caso de uma solteirona com o de um solteirão, que na aparência poderiam ser tomados como próximos e afins, como dois frustrados em paralelo. Quais são as reações dela e dele?" Tomou um ar e continuou.

"Enquanto a solteirona se torna mal-humorada, cada vez menos feminina, maníaca, histérica, incompleta, o solteirão, por sua vez, torna-se extrovertido, fulgurante, ruidoso, um velho cheio de jovialidade. Os dois sofrem com a solidão, mas para o solteirão é só um problema de assistência doméstica, de cama individual; para a solteirona, a solidão é uma cacetada na nuca." Foi muito inoportuno de minha parte, mas nesse momento dei uma risada. Ela interrompeu seu discurso e me olhou com curiosidade. "É divertido ouvi-la defender as solteironas", eu disse. "Além disso, me agrada e me impressiona ver você assim, preocupada em formular a sua teoria. Deve ter herdado isso da sua mãe. Ela tem a teoria da felicidade dela; e você também tem a sua, que talvez pudesse se chamar 'Das vinculações entre o sexo e a consciência na mulher média'. Mas agora me diga, de onde você tirou que os homens pensam dessa maneira, que foram os homens que inventaram esse saudável desatino de que o sexo é tudo na mulher?" Ficou com um jeito de quem está com vergonha, de quem se sabe encurralada: "Eu sei. Alguém me disse. Não sou uma erudita. Mas, se não foi um homem quem o inventou, poderia ter inventado." Agora sim eu voltava a reconhecê-la, nesse modo de escapar como se fosse uma menininha que se vê descoberta e recorre a um rodeio de aparente ingenuidade somente para ser desculpada. Depois de tudo, não me importam muito seus arroubos feministas. Afinal, tudo aquilo era para me explicar por que deixara de se sentir culpada. Bem, era isso o que importava, que não se sentisse culpada, que sua tensão se afrouxasse, que se sentisse confortável entre meus braços. O resto é enfeite, justificação; pode ser e pode não ser, para mim dá no mesmo. Se a ela lhe agrada se sentir justificada, se ela converte tudo isso em um grave problema de consciência, e quer falar sobre isso, quer que eu participe, que escute o que ela tem a dizer, bem, então que diga, eu escuto. Fica linda demais com as faces inflamadas pelo entusiasmo. Além disso, não é verdade que para mim não se trate de um assunto de consciência. Não sei em que dia escrevi sobre isso, mas estou certo de que deixei claras as minhas vacilações, e o que é a vacilação senão um rodeio da consciência?

Mas ela é formidável. De súbito se calou, deixou de lado toda a sua militância, olhou-se no espelho, não de um jeito coquete, mas como caçoando de si mesma, sentou-se na cama e me chamou: "Vem, sente aqui, sou uma idiota perdendo tempo com um discurso desses. Afinal, sei que você não é como os outros. Sei que você me entende, que sabe por que razão isso é para mim um verdadeiro caso de consciência." Era preciso mentir e eu disse: "Claro que sei". Mas a essa altura ela estava em meus braços e havia outras coisas a pensar, outros velhos projetos a realizar, outras novas carícias a que atender. Os casos de consciência têm também o seu lado terno.

Quarta-feira, 3 de julho

Parece mentira, mas não via o Aníbal desde que ele voltou do Brasil, no início de maio. Ontem ele me ligou, o que me deixou contente. Eu precisava falar com alguém, confiar minha situação a outra pessoa. Foi só então que me dei conta de que toda essa história com a Avellaneda era uma coisa só minha, de que nunca havia comentado nada com ninguém. O que é compreensível. Com quem poderia ter falado sobre isso? Com meus filhos? Só de imaginar chego a ter calafrios. Com o Vignale? Posso ver sua piscadela de malícia, sua palmadinha em meu ombro, seu risinho cúmplice, e imediatamente me torno reservado, em caráter irrevogável. Com o pessoal do trabalho? Seria um terrível passo em falso e, ao mesmo tempo, a certeza absoluta de que Avellaneda abandonaria o escritório. Mas, mesmo que ela não trabalhasse ali, acho que tampouco teria forças para falar sobre mim mesmo nesses termos. Nos escritórios não há amigos; há pessoas que se vêem todos os dias, que se exasperam juntas ou de forma isolada, que fazem piadas e as celebram, que trocam suas queixas e transmitem seus rancores, que falam mal da Diretoria como um todo e adulam cada diretor em particular. A isso se chama convivência, mas só por ilusão a convivência pode chegar a se parecer com a amizade. Em tantos anos de escritório, confesso que Avellaneda é meu primeiro afeto verdadeiro. O resto tem a desvantagem da reação não-escolhida, do vínculo imposto pelas circunstâncias. Que tenho em comum com Muñoz, Méndez e Robledo? Apesar disso, às vezes damos boas risadas juntos, bebemos algo, tratamos uns aos outros com simpatia. No fundo, cada um é um desconhecido para os outros, porque nesse tipo de relação superficial se fala de muitas coisas, mas nunca das vitais, nunca das verdadeiramente importantes e decisivas. Creio que é o trabalho que impede outro tipo de confiança; o trabalho, essa espécie constante de martelar, ou de morfina, ou de gás tóxico. Algumas vezes, um deles (especialmente Muñoz) se aproximou para iniciar uma conversa comunicativa de verdade. Começou a falar, a delinear com franqueza seu auto-retrato, a sintetizar os termos de seu drama, desse drama módico, parado, desconcertante que envenena a vida de cada um, por mais comum que um homem se sinta. Mas sempre há alguém que chama no balcão. Durante meia hora ele tem de explicar a um cliente moroso sobre a inconveniência e as penalidades da mora, discute, grita um pouco, seguramente se sente envilecido. Quando volta à minha mesa, me olha, não diz nada. Faz o esforço muscular correspondente ao do sorriso, mas as comissuras se voltam para baixo. Então apanha uma planilha velha, amassa-a com a mão, de uma maneira meticulosa, e depois a atira no cesto de papel. É um simples substitutivo; o que não serve mais, o que ele lança ao cesto, é a confidência. Sim, o trabalho amordaça a confiança. Mas também existe a gozação. Todos somos especialistas na gozação. A disponibilidade de interesse pelo próximo precisa ser gasta de algum modo; caso contrário, ela fica reprimida e aí vem a claustrofobia, a neurastenia, e sei lá o que mais. Já que não temos nem a coragem nem a fraqueza suficientes para nos interessarmos amistosamente pelo próximo (não aquele próximo nebuloso, bíblico, sem face, mas sim o próximo com nome e sobrenome, o próximo mais próximo, o que escreve à escrivaninha aqui em frente e me alcança o cálculo dos juros para que eu o revise e dê o visto), já que renunciamos voluntariamente à amizade, bem, pois então vamos entrar em um clima de gozação com esse vizinho que por oito horas está sempre vulnerável. Além disso, a gozação proporciona uma espécie de solidariedade. Hoje o candidato é este, amanhã aquele, na seqüência serei eu. A vítima das chacotas pragueja em silêncio, mas logo se resigna, sabe que isso é apenas parte do jogo, que em um futuro próximo, talvez dentro de uma ou duas horas, poderá escolher a forma de desforra que melhor coincida com sua vocação. Os gozadores, por sua vez, sentem-se solidários, entusiasmados, fulgurantes. Cada vez que um deles acrescenta à gozação um tempero, os outros festejam, trocam sinais, sentem-se excitados pela cumplicidade, só falta se abraçarem aos gritos de urra. E que alívio é dar umas risadas, inclusive quando é preciso conter o riso porque lá no fundo assomou o gerente com sua cara de melancia, que desforra contra a rotina, contra a papelada, contra essa condenação representada por estar oito horas enredado em algo que não tem nenhuma importância, que só faz engordar as contas bancárias desses inúteis que pecam pela simples razão de estarem vivos, de se deixar viver, desses imprestáveis que acreditam em Deus apenas porque ignoram que faz muito tempo que Deus já deixou de acreditar neles. A gozação e o trabalho. No fim das contas, em que se diferenciam? E que trabalho nos dá ser gozadores, que cansaço. E que gozação é esse trabalho, que piada de mau gosto.

Quinta-feira, 4 de julho

Conversei longamente com Aníbal. É a primeira vez que pronuncio na frente de alguém o nome de Avellaneda, quer dizer, a primeira vez que o pronuncio com o verdadeiro sentido que esse nome tem para mim. Em algum momento, enquanto eu lhe contava a história, parecia-me que enxergava toda a questão de fora, como um espectador profundamente interessado. Aníbal me escutou com religiosa atenção. "E por que você não se casa? Não entendo bem o matiz desse escrúpulo." Parecia-me mentira que ele não o entendesse, estava tão claro. De volta à explicação, ao clichê da explicação que me dou desde o começo: minha idade, a idade dela, eu daqui a dez anos, ela daqui a dez anos, o desejo de não prejudicá-la, o outro desejo de não parecer ridículo, o gozo do presente, meus três filhos, et cetera, et cetera. "E você tem a impressão de que assim não vai prejudicá-la?" "Claro, isso é inevitável, mas de qualquer maneira eu a prejudico menos do que a prendendo." "E o que ela diz? Está de acordo?" A isso se chama uma pergunta incômoda. Não sei se está de acordo. Quando teve a chance, ela disse que sim, mas a verdade é que não sei se está de acordo. Ela não poderá preferir a situação estável, oficialmente estável e consagrada? Não estarei dizendo que faço isso por ela quando na verdade o faço por mim? "O que o assusta é fazer um papel ridículo ou há alguma coisa mais?" Definitivamente o sujeito estava disposto a meter o dedo na ferida. "O que você quer dizer com isso?" "Ora, você me pediu que eu fosse franco, não? Estou dizendo que o problema me parece bastante claro: o que o preocupa e mete medo é que dentro de dez anos ela lhe ponha um par de chifres." Como é ruim quando alguém lhe diz a verdade, ainda mais quando se trata de uma dessas verdades que se tem evitado pronunciar até mesmo nos solilóquios matinais, quando a gente recém se põe de pé e murmura amargas tolices, profundamente antipáticas, carregadas de rancor contra si mesmo, as quais é preciso dissipar antes de acordar por completo e vestir a máscara que, no resto do dia, verão os outros e verá os outros. É verdade que eu tenha medo de que dentro de dez anos ela me ponha chifres? Respondi a Aníbal com um palavrão, que é a reação tradicionalmente varonil quando se chama alguém de corno, mesmo que seja a longa distância e a longo prazo. Mas a dúvida seguiu dando voltas em minha cabeça e, no momento em que escrevo, não posso deixar de me sentir um pouco menos generoso, um pouco menos equilibrado, um pouco mais vulgar e severo.

Sábado, 6 de julho

Choveu a cântaros depois do meio-dia. Ficamos vinte minutos em uma esquina, esperando acalmar, olhando com desalento a gente que corria. Mas estávamos nos resfriando a olhos vistos, e eu comecei a espirrar com uma regularidade ameaçadora. Conseguir um táxi era algo impossível. Estávamos a duas quadras do apartamento e decidimos ir a pé. Na realidade, corremos também como loucos e chegamos ao apartamento em três minutos, encharcados. Fiquei por um momento morto de cansaço, estirado como um objeto inútil sobre a cama. Apesar disso, ainda tive forças para buscar uma colcha e envolvê-la. Ela havia tirado o casaco, que estava pingando, e também a saia, que ficara em um estado lastimável. Aos poucos fui me acalmando e meia hora depois já me sentia aquecido. Fui à cozinha, acendi o fogareiro, pus a água para esquentar. Do quarto, ela me chamou. Ela havia se levantado, assim, envolta na colcha, e estava junto à janela, olhando a chuva. Aproximei-me, também olhei como chovia, por um instante não dissemos nada. De repente, tive consciência de que esse momento, de que esse pedaço de cotidianidade, era o grau máximo do bem-estar, era a Felicidade. Nunca havia sido tão plenamente feliz como nesse momento, mas tinha a sensação dilacerante de que nunca mais voltaria a sê-lo, ao menos nesse grau, com essa intensidade. O cume é assim, claro que é assim. Além disso, estou certo de que o cume dura apenas um segundo, um breve segundo, uma centelha instantânea e sem direito a prorrogação. Lá embaixo um cachorro trotava sem pressa e com mordaça, resignado ao irremediável. De repente, se deteve e, obedecendo a uma estranha inspiração, levantou uma das patas, depois seguiu seu trote tão sereno. Realmente, parecia que tinha parado para se certificar de que seguia chovendo. Nos olhamos ao mesmo tempo e começamos a rir. Percebi que o feitiço havia terminado, que o famoso cume havia passado... Mas ela estava comigo, eu podia senti-la, apalpá-la, beijá-la. Podia dizer apenas: "Avellaneda". "Avellaneda" é, além disso, um mundo de palavras. Estou aprendendo a injetar-lhe uma centena de significados e ela também aprende a conhecê-los. É um jogo. De manhã, digo "Avellaneda", e significa: "Bom dia". (Há um "Avellaneda" que é censura, outro que é aviso, outro ainda que é desculpa.) Mas ela se faz de desentendida para me irritar. Quando pronuncio o "Avellaneda" que significa: "Vamos fazer amor", ela responde muito envaidecida: "Você quer que eu vá embora agora? É tão cedo!" Ah, os velhos tempos em que Avellaneda era só um sobrenome, o sobrenome de uma nova auxiliar (faz apenas cinco meses que registrei: "A moça não parece ter tanta vontade de trabalhar, mas ao menos compreende o que alguém lhe explica"), o rótulo para identificar aquela pequena pessoa de testa larga e boca grande que me olhava com um enorme respeito. Aí está ela agora, na minha frente, envolvida em sua colcha. Não me lembro de como ela era quando me parecia insignificante, inibida, nada além de simpática. Somente me lembro de como é agora: uma mulherzinha deliciosa que me atrai, que me alegra o coração de um modo absurdo, que me conquista. Pisquei conscientemente para que nada estorvasse depois. Então meu olhar a envolveu, muito melhor do que a colcha: na verdade, não era independente de minha voz, que já começara a dizer: "Avellaneda". E dessa vez ela me entendeu perfeitamente.

Domingo, 7 de julho

Um dia de sol esplêndido, quase outonal. Fomos a Carrasco. A praia estava deserta, talvez devido ao fato de que, em pleno julho, as pessoas não se animassem a acreditar no tempo firme. Sentamo-nos na areia. Assim, com a praia vazia, as ondas se tornam imponentes, governam a paisagem sozinhas. Nesse sentido, reconheço-me lamentavelmente dócil, maleável. Vejo esse mar implacável e desolado, tão orgulhoso de sua espuma e de sua coragem, apenas maculado por gaivotas ingênuas, quase irreais, e de imediato me refugio em uma admiração irresponsável. Mas depois, quase em seguida, a admiração se desintegra, e passo a me sentir tão indefeso quanto um molusco, um seixo arredondado pela força das águas. Esse mar é uma espécie de eternidade. Quando eu era criança, ele golpeava e golpeava, mas também já golpeava quando meu avô era criança, quando era criança o avô do meu avô. Uma presença móvel, porém sem vida. Uma presença de ondas escuras, insensíveis. Testemunha da história, testemunha inútil porque não sabe nada da história. E se o mar fosse Deus? Também uma testemunha insensível. Uma presença móvel, porém sem vida. Avellaneda também o olhava, o vento golpeando seus cabelos, sem pestanejar. "Você acredita em Deus?", ela disse, continuando o diálogo que eu havia iniciado em pensamento. "Não sei, eu gostaria que Deus existisse. Mas não tenho certeza. Também não estou certo de que Deus, se existe, esteja em conformidade com nossa crença, formada a partir de alguns dados esparsos e incompletos." "Mas se é tudo tão claro. Você se complica porque quer que Deus tenha rosto, mãos, coração. Deus é um denominador comum. Também poderíamos chamá-lo de Totalidade. Deus é esta pedra, meu sapato, aquela gaivota, sua calça, essa nuvem, tudo." "E isso atrai você? Está conformada com isso?" "Ao menos me inspira respeito." "A mim, não. Não posso admitir um Deus que seja uma grande Sociedade Anônima."

Segunda-feira, 8 de julho

Esteban já está se recuperando. Sua doença nos deixou um bom saldo, tanto para ele quanto para mim. Tivemos duas ou três conversas francas, verdadeiramente saudáveis. Falamos, inclusive, de generalidades algumas vezes, mas de modo natural, sem que o mútuo fastio ditasse as respostas.

Terça-feira, 9 de julho

Então quer dizer que tenho medo de que daqui a dez anos ela me ponha um par de chifres?

Quarta-feira, 10 de julho

Vignale. Encontrei-o na Sarandí. Não tive outra saída senão dar-lhe ouvidos. Não parecia feliz. Eu estava com pressa, de modo que tomamos café no balcão. Ali, em voz alta, nesse estilo de confidência ruidosa que ele cultiva, relatou-me o novo capítulo de seu idílio: "Que azar, meu velho. Minha mulher nos descobriu, está entendendo? Não nos pegou em flagrante, como se diz. Estávamos apenas aos beijos. Mas imagina o escândalo que a gorda armou. Em sua própria casa, debaixo do seu próprio teto, comendo seu próprio pão. Eu, que sou o próprio marido, me sentia como uma barata. Elvira, no entanto, reagiu a tudo com grande serenidade e se saiu com a explicação do século: que ela e eu sempre tínhamos sido como irmãos e que o que minha mulher tinha visto era justamente isso, um beijo fraternal. Eu me senti o mais incestuoso dos homens e a gorda disparou uma bronca descomunal. Estão enganados, ela disse, se pensam que vou ficar mansinha como o idiota do Francisco. Falou com minha sogra, com os vizinhos, com o cara do armazém. Às duas da tarde, todo o bairro sabia que a tal da louquinha tinha tentado lhe roubar o marido. Por sua vez, Elvira falou energicamente com Francisco e lhe disse que a estavam insultando, que não ficaria nessa casa nem mais um minuto. No entanto, ficou ainda umas três horas, durante as quais me fez uma coisa muito horrível, muito horrível mesmo. Veja que Francisco dizia sim para tudo, o cara não trazia nenhum perigo. Mas a gorda insistia, gritava, duas ou três vezes se avançou na Elvira. E então a Elvira, em um desses momentos de terror, acabou dizendo sabe o quê? Que não podia entender como passava pela cabeça de alguém que ela teria um caso com um porcaria como eu. Já imaginou isso? E o pior de tudo é que com esse argumento ela convenceu a outra, e a gorda ficou tranqüila. Mas você se dá conta? Juro que não vou perdoar a Elvira por isso. Que desapareçam de uma vez, ela e o seu cornudinho. Depois de tudo, sabe, ela não é mais tão boa como eu a achava. Além disso, agora que deixei de ser um marido fiel, cheguei à conclusão de que posso ter uns casinhos com umas mulheres mais jovens, mais fresquinhas; principalmente que não tenham nada a ver com o meu lar, que para mim sempre foi sagrado. E assim a gorda também não se preocupa, a pobre."

Sábado, 13 de julho

Ela está ao meu lado, dormindo. Estou escrevendo em uma folha solta, à noite a passo a limpo no caderno. São quatro da tarde, o final da sesta. Comecei a pensar em uma comparação e terminei com outra. Está aqui, do meu lado, o corpo dela. Lá fora faz frio, mas aqui a temperatura é agradável, na verdade faz calor. O corpo dela está quase descoberto, a colcha e o lençol deslizaram para um dos lados. Quis comparar este corpo com as lembranças que tenho do de Isabel. Evidentemente, eram outras épocas. Isabel não era delgada, seus seios tinham volume, e por isso caíam um pouco. Seu umbigo era fundo, grande, escuro, de bordas grossas. Seus quadris eram o melhor, o que mais me atraía; tenho uma memória táctil de seus quadris. Seus ombros eram cheios, de um branco rosáceo. Suas pernas estavam ameaçadas por um futuro de varizes, mas ainda eram bonitas, bem torneadas. Este corpo que está ao meu lado não tem absolutamente nenhum traço em comum com aquele. Avellaneda é magra, seu busto me inspira um pouquinho de piedade, seus ombros estão cobertos de sardas, seu umbigo é infantil e pequeno, seus quadris também são o melhor (ou será que os quadris sempre me comovem?), suas pernas são delgadas, mas muito bem feitinhas. No entanto, aquele corpo me atraía e agora este me atrai. Isabel tinha em sua nudez uma força inspiradora, eu a contemplava e de imediato todo o meu ser era sexo, não havia por que pensar em outra coisa. Avellaneda tem em sua nudez uma modéstia sincera, simpática e inerme, um desamparo que é comovedor. Ela me atrai profundamente, mas aqui o sexo é apenas parte da sugestão do chamamento. A nudez de Isabel era uma nudez total, quase pura talvez. O corpo de Avellaneda é uma nudez com atitude. Para desejar Isabel bastava se sentir atraído por seu corpo. Para desejar Avellaneda é necessário querer a nudez mais a atitude, já que nesta reside pelo menos metade de seu atrativo. Ter Isabel entre os braços significava abraçar um corpo sensível a todas as reações físicas e capaz, também, de todos os estímulos lícitos. Ter em meus braços a magreza completa de Avellaneda significa abraçar, além disso, seu jeito de rir, seu olhar, seu modo de dizer as coisas, o repertório de sua ternura, sua resistência a se entregar por completo e as desculpas por essa resistência. Bem, essa era a primeira comparação. Mas veio a outra, e essa me deixou mal, desanimado. Meu corpo com Isabel e meu corpo com Avellaneda. Que tristeza. Nunca fui um atleta, livrai-me Deus. Mas aqui havia músculos, aqui havia força, aqui havia uma pele lisa, esticada. E, acima de tudo, não havia tantas coisas que agora estão presentes. Desde a calvície desequilibrada (o lado esquerdo é o mais devastado), o nariz mais largo, a verruga do pescoço, até o peito com ilhas ruivas, o ventre retumbante, os tornozelos varicosos, os pés com uma incurável e deprimente micose. Diante de Avellaneda não me importa, ela me conhece assim, não sabe como fui. Mas importa diante de mim, importa reconhecer-me como um fantasma de minha juventude, como uma caricatura de mim mesmo. Há, talvez, uma compensação: minha cabeça, meu coração, enfim, eu como um ente espiritual, quem sabe eu seja hoje um pouco melhor do que nos dias e nas noites de Isabel. Só um pouco melhor, também não convém se iludir muito. Sejamos equilibrados, sejamos objetivos, sejamos sinceros, seja o que for. A questão é: "Isso importa?" Deus, se é que existe, deve estar fazendo sinais-da-cruz lá de cima. Avellaneda (oh, ela existe) está agora aqui embaixo, abrindo os olhos.

Segunda-feira, 15 de julho

No fim das contas, pode ser que Aníbal tenha razão, que eu esteja tirando o corpo fora do casamento, mais por medo do ridículo do que para defender o futuro de Avellaneda. E isso não estaria bem. Porque uma coisa é certa, eu a amo. Isto eu escrevo só para mim, de modo que não importa que soe cafona. É a verdade. Ponto. Por isso mesmo, não quero que sofra. Eu acreditava (na verdade, acreditava que soubesse) que estivesse evitando uma situação estável para que Avellaneda permanecesse sempre livre, para que, dentro de alguns anos, não se sentisse presa a um velhusco. Se agora se revela que este era um pretexto somente para mim mesmo, enquanto a verdadeira razão era uma espécie de seguro contra futuras traições, está bastante claro que seria preciso mudar toda a estrutura, todo o aparato exterior dessa união. Talvez ela sofra mais em viver uma situação clandestina, sempre provisória, do que por se sentir atada a um sujeito que tem o dobro da sua idade. Depois de tudo, graças ao meu medo do ridículo, eu a estou julgando mal, e isso é muito lamentável de minha parte. Sei que se trata de uma boa pessoa, que sua natureza é boa. Sei que, se um dia acontecesse de ela se apaixonar por alguém, não me deixaria nessa humilhante ignorância que constitui a vergonha dos enganados. Talvez me revelasse tudo ou, de alguma maneira, eu captaria o momento crítico e teria a suficiente serenidade para entendê-lo. Mas talvez o melhor seja falar com ela sobre isso, outorgar-lhe o poder de decidir por si própria, ajudá-la a se sentir segura.

Quarta-feira, 17 de julho

Blanca esteve triste hoje. Jaime, ela e eu jantamos em silêncio. Esteban saía pela primeira vez à noite depois da doença. Não falei nada durante a refeição, pois conheço muito bem as reações de Jaime. Depois, quando ele se foi, virtualmente sem um cumprimento (não se pode considerar um "boa noite" o grunhido que antecedeu a batida da porta), fiquei lendo o jornal na sala de jantar, e Blanca demorou para tirar a mesa de propósito. Tive que levantar o jornal para que ela tirasse a toalha e, então, a olhei. Tinha os olhos marejados. "O que está acontecendo com o Jaime?", perguntei-lhe. "Com Jaime e com Diego; briguei com os dois." Enigmático demais. Não conseguia imaginar Jaime e Diego aliados contra ela. "Diego diz que Jaime é veado. Por isso briguei com ele." Agrediu-me duas vezes ouvir aquela palavra. Porque se referia a meu filho e porque fora pronunciada por Diego, em quem deposito esperanças, em quem confio. "E pode se saber o motivo que levou o seu abençoado Diego a proferir tal insulto?" Blanca sorriu com um pouco de amargura. "Isso é o pior. Não se trata de um insulto. É a verdade. Por isso é que briguei com Jaime." Era evidente que Blanca se sentia violentada ao comentar tudo isso, sobretudo por ser eu o destinatário da revelação. Soou falso para mim mesmo quando disse: "E você dá mais crédito à calúnia de Diego do que a seu irmão?" Blanca baixou os olhos. Trazia a cesta de pães nas mãos. Era a imagem do patético, de um patético comovedor e familiar. "Mas foi justamente", ela disse, "o próprio Jaime quem fez a revelação." Até aquele momento, nunca pensara que meus olhos pudessem se esbugalhar tanto. Doíam-me as têmporas. "Então aqueles amigos...", balbuciei. "Sim", ela disse. Era um golpe. Apesar disso, me dei conta de que no fundo de mim mesmo já acalentava uma suspeita. Por isso, só por isso, a palavra não soava de todo nova para mim. "Peço apenas uma coisa a você", acrescentou, "que não lhe diga nada. Ele está perdido. Não tem escrúpulos, sabe? Diz que as mulheres não o atraem, que é algo que ele não escolheu, que cada um tem a natureza que Deus lhe deu e que a ele não foi dada a capacidade de se sentir atraído pelas mulheres. Justifica-se com ardor, garanto a você que não tem complexo de culpa." Então eu disse, sem nenhuma convicção: "Se eu lhe der uma boa surra, verá como lhe vem o complexo de culpa". Blanca riu pela primeira vez na noite: "Não me engane. Sei que não vai fazer isso." Então me bateu o desânimo, um desânimo terrível, desesperançado. Tratava-se de Jaime, meu filho, o que herdou a testa e a boca de Isabel.

Até onde ia minha culpa e onde começava a dele? Está claro que não me ocupei deles como devia, que não pude suprir totalmente a falta da mãe. Ah, eu não tenho vocação materna. Nem ao menos tenho certeza de minha vocação paterna. Mas o que isso tem a ver com o fato de ele ter terminado assim? Quem sabe eu pudesse ter cortado essas amizades em seu começo. Talvez, se tivesse feito isso, ele os seguisse encontrando às escondidas, sem que eu soubesse. "Tenho que falar com ele", eu disse, e Blanca pareceu resignar-se à tormenta. "E, além disso, você tem que se reconciliar com Diego", acrescentei.

Quinta-feira, 18 de julho

Tinha duas coisas a dizer a Avellaneda, mas só estivemos durante uma hora no apartamento e lhe falei unicamente sobre Jaime. Não me disse que eu era totalmente inocente, e eu lhe agradeci. Mentalmente, claro. Mas eu penso que, quando um sujeito já nasce podre, não há educação que o endireite. Claro que eu poderia ter feito mais por ele, isso é tão certo, mas tão certo, que não posso me sentir inocente. Afinal, o que estou querendo, o que eu preferiria? Que ele não fosse veado ou simplesmente me sentir livre de toda a culpa? Como somos egoístas, meu Deus, como eu sou egoísta. O próprio sentir-me em dia com a consciência é uma espécie de egoísmo, de apego à comodidade, ao conforto do espírito. Não vi Jaime.

Sexta-feira, 19 de julho

Também não o vi hoje. Mas sei que Blanca lhe disse que eu queria falar com ele. Esteban é bastante violento. Melhor que não saiba. Ou já não saberá?

Sábado, 20 de julho

Blanca me trouxe o envelope. A carta diz o seguinte. "Pai: sei que você quer falar comigo e já sei de antemão o assunto. Você vai me pregar moral e há duas razões pelas quais não posso aceitar sua prédica. A primeira é que não tenho nada do que me envergonhar. A segunda é que você também tem sua vida clandestina. Eu o vi com a garotinha que o pescou e acredito que estará de acordo que não é esta a melhor forma de guardar o devido respeito à memória de mamãe. Mas aí vem você com seu puritanismo unilateral. Como não me agrada o que você faz e como você não gosta do que faço, o melhor é desaparecer. Portanto, desaparecerei. Seu campo está livre. Sou maior de idade, não se preocupe. Penso, além disso, que minha retirada irá aproximá-lo mais de meus irmãozinhos. Blanca sabe de tudo (para mais informações, dirija-se a ela); ontem, inteirei Esteban de tudo, no escritório dele. Para sua tranqüilidade, devo confessar que reagiu como um machinho e me deixou um olho roxo. O que me restou aberto me basta ainda para ver o futuro (não é tão mau, você já verá) e dirigir o último olhar à minha simpática família, tão pulcra, tão formal. Saudações, Jaime." Devolvi o papel a Blanca. Leu a carta detidamente e disse: "Ele já levou suas coisas. Hoje de manhã." Ela estava pálida quando completou: "E essa questão da outra mulher, é verdade?" "É e não é", eu lhe disse. "É verdade que mantenho um vínculo com uma mulher, quase uma menina. Vivo com ela. Não é verdade, porém, que isso signifique uma ofensa à sua mãe. Me parece que tenho o direito de gostar de alguém. Bem, eu amo essa menina. Não me casei com ela só porque não tenho certeza de que isso seja o mais conveniente." Talvez esta última frase tenha sido demasiada. Não sei bem. Ela trazia os lábios apertados. Acho que vacilava entre um certo atavismo filial e um sentido muito simples do humano. "Mas ela é uma boa pessoa?", perguntou, ansiosa. "Sim, ela é boa", eu disse. Respirou aliviada; ainda tinha confiança em mim. Eu também respirei aliviado ao sentir-me capaz de inspirar essa confiança. Então obedeci a uma inspiração repentina. "Seria pedir demais que você a conhecesse?" "Eu mesma ia pedir isso a você", ela disse. Não fiz comentários, mas o agradecimento estava em minha garganta.

Domingo, 21 de julho

"Talvez, no início, quando nossa história começou, eu tivesse preferido. Agora acho que não." Anoto isso antes de mais nada, porque tenho medo de me esquecer. Essa foi a sua resposta. Porque desta vez falei lhe falei com toda franqueza; o tema do casamento foi discutido até esgotá-lo. "Antes que viéssemos aqui, ao apartamento, eu me dei conta de que para você era penoso pronunciar essa palavra. Um dia você a falou, no saguão da minha casa, e por tê-la dito sou-lhe muito grata. Serviu para que eu me decidisse por acreditar em você, em seu carinho. Mas não podia aceitá-la, porque teria sido uma base falsa para este presente, que então era futuro. Ao aceitá-la, teria que aceitar também que você cedesse, que se obrigasse também a tomar uma decisão para a qual não estava maduro. Em contrapartida, eu acabei cedendo, mas, como é lógico, posso estar mais segura de minhas reações do que das suas. Eu sabia que, embora tivesse que ceder, não sentiria rancor de você; se eu o forçasse a ceder, por outro lado, não sabia se você não sentiria um pouco de rancor de mim. Agora tudo passou. Já caí. Há algo atávico na mulher que a leva a defender sua virgindade, a exigir e a se exigir as máximas garantias para proteger sua perda. Depois, quando alguém já caiu, então se dá conta de que era tudo um mito, uma velha lenda para caçar maridos. Por isso eu lhe digo que agora não estou certa de que o casamento seja nossa melhor solução. O importante é que estejamos unidos por algo: esse algo existe, não é verdade? Pois bem, não lhe parece mais poderoso, mais forte, mais lindo que o que nos une seja isso que verdadeiramente existe, e não um simples trâmite, o discurso ritualístico de um juiz apressado e barrigudo? Além disso, não se pode perder de vista seus filhos. Não quero parecer alguém que está disputando a sua vida com a memória de sua mulher, não quero que eles sintam ciúme como se fossem procuradores de sua mãe. E, finalmente, está o medo que você sente da passagem do tempo, que se torne velho e eu passe a olhar para outros: não se melindre tanto. Aquilo que mais gosto em você é algo que nenhum tempo será capaz de apagar." Mais que suas verdades, eram os meus desejos o que ela anunciava brandamente. Por outro lado, como era agradável ouvir aquilo.

Segunda-feira, 22 de julho

Preparei cuidadosamente o encontro, mas Avellaneda não sabia de nada. Estávamos na confeitaria. Saíamos juntos muito poucas vezes. Ela sempre fica nervosa, acreditando que alguém do escritório nos verá. Eu lhe digo que cedo ou tarde isso ocorrerá. Também não vamos passar a vida trancados no apartamento. Por cima da xícara, ela viu meu olhar. "Quem foi que você viu? Alguém de lá?" Lá é o escritório. "Não, não é de lá. Mas é alguém que quer conhecê-la." Ela ficou tão nervosa que por um momento me arrependi de ter-lhe imposto essa provação. Seguiu a trajetória de meu olhar e a reconheceu antes que eu dissesse qualquer coisa. Afinal de contas, Blanca deve ter algum traço meu. Chamei-a com um gesto. Estava linda, alegre, simpática. Senti-me bastante orgulhoso de minha paternidade. "Esta é Blanca, minha filha." Avellaneda estendeu a mão. Tremia. Blanca se saiu muito bem. "Por favor, fique tranqüila. Fui eu quem quis conhecer você." Mas Avellaneda não recuperava o equilíbrio. Murmurava, terrivelmente inquieta: "Jesus. Não consigo me acostumar com a idéia de que ele lhe tenha falado de mim. Não consigo me costumar com a idéia de que você tenha querido me conhecer. Perdoe-me, devo parecer sei lá o quê..." Blanca fazia todo o possível para acalmá-la, eu também. Apesar de tudo, pude perceber que uma simpatia mútua se estabelecia entre as duas mulheres. Têm quase a mesma idade. Aos poucos, Avellaneda foi se tranqüilizando; ainda assim derramou lá umas lagriminhas. Dez minutos depois, já estavam conversando como duas pessoas civilizadas e normais. Eu as deixava. Era um prazer novo ter as duas junto a mim, as duas mulheres que mais amo. Quando nos separamos (Avellaneda insistiu com fervor que eu acompanhasse a minha filha), caminhamos algumas quadras debaixo de um chuvisco, antes de tomarmos o ônibus. Depois, já em casa, Blanca me deu um abraço, um desses abraços que ela não esbanja e que por isso mesmo são mais memoráveis. Com sua face junto à minha, ela me disse: "Gostei dela de verdade. Nunca pensei que você fosse capaz de escolher tão bem." Comi alguma coisa e fui me deitar. Sentia um cansaço equivalente a um ano inteiro de trabalhos forçados. Mas isso de nada importa.

Terça-feira, 23 de julho

Não via Avellaneda desde ontem, quando nos deixou, a Blanca e a mim. Hoje, cedo da manhã, no escritório, aproximou-se de minha mesa com dois arquivos para me fazer uma consulta. Sempre tomamos cuidado durante o trabalho (até agora, ninguém se deu conta). Mas hoje a examinei com atenção. Eu queria saber como ela havia escapado daquela armadilha que eu lhe preparara. Estava séria, muito séria, quase sem ruge. Dei-lhe as indicações. Estávamos cercados de gente, de modo que não podíamos nos dizer nada. Mas ela, ao se retirar, aproveitou para deixar comigo dois talonários e um bilhetinho com um só rabisco: "Obrigada".

Sexta-feira, 26 de julho

Oito da manhã. Estou tomando o café-da-manhã no Tupí. Um de meus maiores prazeres. Sentar-me junto a qualquer uma das janelas que dão para a praça. Chove. Ainda melhor. Aprendi a gostar desse monstro folclórico que é o Palácio Salvo. Por alguma razão aparece em todos os cartões-postais para turistas. É quase uma representação do caráter nacional: grosseiro, insosso, exagerado, simpático. É tão feio, mas tão feio, que deixa você de bom humor. Gosto do Tupí a essa hora, bem cedo, quando ainda não foi invadido pelos veados (tinha me esquecido de Jaime, que pesadelo) e há somente um ou outro velho isolado, lendo *El Día* ou *El Debate* com incrível gozo. Em sua maioria são aposentados que não conseguiram libertar-se do hábito de madrugar. Seguirei vindo ao Tupí depois que me aposentar? Será que não conseguirei me acostumar a aproveitar a cama até as onze, como o filho de um diretor qualquer? A verdadeira divisão das classes sociais deveria ser feita levando-se em conta a hora em que cada um sai da cama. Aproxima-se Biancamano, o garçom amnésico, eficientemente cândido e risonho. É a quinta vez que lhe peço um pingado pequeno com meias-luas e ele me traz um café duplo com biscoitos folhados. Sua boa vontade é tamanha que me dou por vencido. Enquanto despejo os cubos de açúcar na xícara, ele me fala do tempo e do trabalho. "Essa chuva atrapalha as pessoas, mas eu digo: estamos ou não no inverno?" Eu lhe dou razão, porque é evidente que estamos no inverno. Logo o chama um senhor da mesa ao fundo, bastante incomodado porque Biancamano lhe havia levado algo que ele não pedira. É um que não se dá por vencido. Ou talvez seja um mero argentino, que veio fazer seu negocinho semanal de dólares e ainda não conhece os costumes da casa. Na segunda parte de meu festim, entram os jornais. Há dias em que compro todos. Gosto de reconhecer seus elementos característicos. O estilo de cabriola sintática nos editoriais de *El Debate*; a civilizada hipocrisia de *El País*; a mixórdia informativa de *El Día*, interrompida apenas por uma ou outra galhofa anticlerical; a compleição robusta de *La Mañana*, arrebanhando como ela só. Como são diferentes e ao mesmo tempo iguais. Jogam entre si uma espécie de truco, enganando-se uns aos outros, fazendo sinais, trocando de parceiros. Mas todos se servem do mesmo prato, todos se alimentam da mesma mentira. E nós lemos e, a partir dessa leitura, acreditamos, votamos, discutimos, perdemos a memória, esquecemo-nos, generosa e cretinamente, de que o que dizem hoje é o contrário do que disseram ontem, que hoje defendem com ardor aquele a quem ontem maldisseram e, o pior de tudo, que hoje esse mesmo sujeito aceita, orgulhoso e ufano, essa defesa. Por isso prefiro a espalhafatosa franqueza do Palácio Salvo, porque sempre foi horrível, nunca nos enganou, porque se instalou aqui, no lugar mais concorrido da cidade, e há trinta anos obriga a todos nós, nativos e estrangeiros, a erguemos os olhos em homenagem à sua fealdade. Para olhar os jornais, é preciso baixar os olhos.

Sábado, 27 de julho

Está entusiasmada com Blanca. "Nunca imaginei que você fosse capaz de ter uma filha tão encantadora." Repete-me isso mais ou menos de meia em meia hora. Esta frase e a de Blanca ("Nunca pensei que você fosse capaz de escolher tão bem") não são muito gentis comigo, no que diz respeito à confiança retroativa que elas depositam em minhas respectivas capacidades de gerar e de escolher. Mas estou feliz. E Avellaneda também. Seu bilhetinho no qual estava escrito "obrigada", da última terça-feira, teve depois um amplo desenvolvimento. Confessa ter passado por maus bocados quando se viu diante de minha filha. Pensou que Blanca vinha disposta a fazer uma cena, com todas as reprimendas que imaginava plausíveis, que ela se acreditava quase merecedora. Pensou que o embate fosse ser tão violento, tão grave, tão demolidor, que a nossa relação não iria sobreviver. E só então se deu conta, por inteiro, de que nossa relação era algo realmente importante em sua vida, que talvez lhe resultasse insuportável encerrar agora com essa situação que traz em si apenas o título de provisória. "Sei que você não vai acreditar, mas tudo isso me passou pela cabeça enquanto sua filha se aproximava por entre as mesas." Por isso, a atitude amistosa de Blanca foi para ela um presente inesperado. "Me diz uma coisa: será que poderei ser amiga dela?", é agora sua pergunta esperançosa, que lhe deixa com uma expressão deliciosa no rosto, a mesma, talvez, que adotava há vinte anos ao perguntar aos seus pais sobre os Reis Magos.

Terça-feira, 30 de julho

Não há notícias de Jaime. Blanca perguntou no escritório. Faz dez dias que não aparece. Com Esteban chegamos ao tácito acordo de não falar do problema. Para ele também foi um golpe. Pergunto-me como ele vai reagir quando souber da existência de Avellaneda. Pedi a Blanca que não lhe dissesse nada. Pelo menos por ora. Talvez eu esteja exagerando, impondo a meus filhos (ou permitindo que assumam) uma função de juízes. Cumpri meu dever para com eles. Dei-lhes instrução, cuidado, carinho. Bem, talvez no terceiro aspecto eu tenha sido meio avaro. Mas é que não posso ser um desses tipos que andam sempre de peito aberto. Para mim é difícil ser carinhoso, inclusive na vida amorosa. Sempre dou menos do que tenho. Meu modo de amar é esse, um pouco reticente, reservando o máximo somente para as grandes ocasiões. Talvez haja uma razão para isso na minha mania por matizes, por graduações. De modo que, se sempre estivesse me expressando no limite, o que deixaria para esses momentos (há uns quatro ou cinco em toda uma vida para cada indivíduo) em que alguém deve dar tudo de si? Também sinto um leve receio de ser piegas, e para mim pieguice é justamente isto: andar sempre com os sentimentos à flor da pele. Para aquele que chora todos os dias, que recurso lhe restará quando uma grande dor se abater sobre ele, uma dor para a qual sejam necessárias as máximas defesas? Sempre há o suicídio, mas isso, depois de tudo, não deixa de ser uma solução pobre. Quero dizer que é praticamente impossível viver em uma crise permanente, fabricando-se uma impressionabilidade em que a pessoa possa submergir (uma espécie de banho diário) em pequenas agonias. As boas senhoras dizem, com seu habitual sentido da economia psicológica, que não vão ao cinema assistir a filmes tristes porque "a vida em si já é bastante amarga". E têm certa razão: a vida é suficientemente amarga para que, além disso, fiquemos chorosos, melindrosos ou histéricos só porque algo se antepôs em nosso caminho e não nos deixa seguir nosso percurso até a felicidade, que às vezes vai lado a lado com o desatino. Lembro uma vez, quando os meninos iam ao colégio, que propuseram um tema de casa na turma de Jaime, uma dessas composições recorrentes sobre o clássico tópico materno. Jaime tinha nove anos e voltou para casa se sentindo profundamente desgraçado. Tratei de fazê-lo compreender que isso ocorreria muitas vezes, que ele havia perdido a mãe e que deveria se conformar, que não era razão para chorar todos os dias e que a maior prova de afeto era precisamente demonstrar que essa ausência não o colocava em uma posição inferior aos outros. Talvez a linguagem que utilizei tenha sido inadequada para a sua idade. O certo é que deixou de chorar, olhou-me com uma animosidade estremecedora e, com a firmeza de alguém predestinado, pronunciou estas palavras: "Você será uma mãe para mim, se não eu o mato". O que ele quis dizer? Não era tão pequeno assim para não saber que estava fazendo uma reclamação absurda, mas talvez não fosse tão crescido para dissimular melhor sua primeira agonia, a primeira dessas agonias diárias que depois concentrou seus rancores, suas rebeldias, suas frustrações. O fato de que suas professoras, seus companheiros, a sociedade perguntassem sobre sua mãe fazia-o sentir, pela primeira vez, toda a força daquela ausência. Não sei por que prodígio imaginativo lançava sobre mim a culpa dessa ausência. Talvez pensasse que, se eu tivesse cuidado melhor dela, a mãe ainda estaria viva. Eu era o culpado, logo devia substituí-la. "Se não eu o mato." Não me matou, claro, mas resolveu ele se matar, anulando-se. Já que o homem da família lhe falhara, dedicou-se a negar o homem que havia em si mesmo. Ufa! Que explicação complicada para um fato evidente, tão ordinário, tão irrefutável. Meu filho é um veado. Um veado. Um da mesma laia do repugnante Santini, o que tem a irmã que se despe. Teria preferido que se tornasse um ladrão, um morfinômano, um imbecil. Gostaria de sentir pena dele, mas não consigo. Sei que há explicações racionais e até bem razoáveis. Sei que muitas dessas explicações depositariam sobre mim certa parte da culpa. Mas por que Esteban e Blanca cresceram normalmente, por que eles não se desviaram e o outro sim? Justamente o outro, o que eu mais amava. Nada de lástimas. Nem agora nem nunca.

Quinta-feira, 1º de agosto

Chamou-me o gerente. Nunca pude suportá-lo. É um sujeito maravilhosamente ordinário e covarde. Certa vez, dispus-me a apreender sua alma, seu ser abstrato, e o que obtive foi uma imagem repulsiva. Ali, onde normalmente se localiza a dignidade, ele só traz um cotó; foi amputada. A dignidade ortopédica que usa agora, permite, no entanto, que possa sorrir. Sorria, precisamente, quando entrei no setor de despacho. "Uma boa notícia." Quando esfregava as mãos, parecia prestes a me decapitar. "Estão lhe oferecendo nada menos que a subgerência." Era evidente que não compartilhava da mesma idéia da Diretoria. "Permita-me que o felicite." Tem uma mão pegajosa, como se tivesse recém aberto um pote de marmelada. "Claro que para isso há uma condição." Para variar, a pedra atrás do caranguejo. Realmente se parece com um caranguejo. Sobretudo naquele instante em que caminhava de lado para sair detrás de sua mesa. "A condição é que você não se aposente por um prazo de dois anos." E o ócio? É um ótimo posto a subgerência, ainda mais para um fim de carreira na empresa. Há pouco o que fazer, atende-se a alguns clientes importantes, vigia-se o trabalho do pessoal, substitui-se o gerente em sua ausência, é preciso dedicar-se a agüentar os diretores e suas piadas horríveis, às esposas dos diretores e suas demonstrações de enciclopédica ignorância. Mas quanto ao meu ócio? "Quanto tempo tenho para pensar no assunto?", perguntei. Era uma antecipação de minha recusa. Os olhos do caranguejo brilharam, e ele disse: "Uma semana. Na próxima quinta-feira tenho que levar sua resposta à Diretoria." Quando retornei à seção, todos já sabiam. Sempre acontece isso às notícias estritamente confidenciais. Houve abraços, felicitações, comentários. Até a funcionária Avellaneda se aproximou de mim e me apertou a mão. De todas aquelas mãos, a sua era a única que transmitia vida.

Sábado, 3 de agosto

Falei longamente com ela. Disse-me para pensar bem, que a subgerência é um posto cômodo, respeitado, bem pago. Bem, nada que eu já não soubesse. Mas também sei que tenho direito ao descanso e que esse direito não vendo por mais cem pesos de salário. Talvez tampouco o vendesse se a oferta fosse muito maior. Para mim, o essencial sempre foi que meus vencimentos chegassem para viver. E são suficientes. Tenho um bom salário. Não preciso de mais. Nem mesmo agora, com o gasto extra do apartamento. Quando me aposentar, além disso, acho que poderei contar com uma entrada um pouquinho maior (quase cem pesos a mais), já que os benefícios acumulados aumentaram consideravelmente meus vencimentos nos últimos cinco anos, e, também, não terei descontos. Claro, deverei enfrentar a desvalorização da moeda, que é a mais evidente garantia de inflação. A ameaça é certa, mas tenho sempre a possibilidade de manter alguma contabilidade mais ou menos clandestina. Claro que Avellaneda apresenta também outras razões mais comovedoras, menos constantes e sonantes que toda essa sórdida previsão. "Se você não estiver ali, o escritório ficará insuportável". Melhor. Com isso tampouco me convence, porque tenho um projeto: que ela deixe de trabalhar assim que eu me aposente. O que ganharei será suficiente para nós dois. Além do mais, somos pessoas módicas. Nossas diversões são, por razões óbvias, rigorosamente domésticas. De vez em quando um cinema, um restaurante, uma confeitaria. Algum domingo, quando faz frio, mas há sol, saímos a caminhar pelas margens do rio, para respirar melhor. Compramos um livro aqui, um disco acolá, mas, acima de tudo, gostávamos de conversar, de falar das nossas coisas íntimas, de todo esse território de nossas vidas que existia antes que houvesse Nós Dois. Não há diversão, não há espetáculo que possa substituir o que desfrutamos nesse exercício da sinceridade, da franqueza. Estamos cada vez mais treinados. Porque também é preciso se acostumar à sinceridade. Depois de todos essas anos em que Aníbal esteve no estrangeiro, com tantos problemas de comunicação nas minhas relações com meus filhos, com o pudor defensivo que sempre resguardou a minha vida privada da malícia do escritório, com minhas aproximações não mais que higiênicas com mulheres sempre novas, nunca repetidas, é evidente que eu fosse me desacostumando com a sinceridade. Inclusive, é provável que somente de forma esporádica a praticasse comigo mesmo. Digo isso porque certa vez, nessas conversas francas com Avellaneda, dei-me conta de que pronunciava palavras que pareciam mais sinceras do que meus próprios pensamentos. Será que isso é possível?

Domingo, 4 de agosto

Esta manhã, abri uma gaveta do armário pequeno e se esparramou pelo chão uma quantidade imprevista de fotos, recortes, cartas, recibos, anotações. Então vi um papel de cor indefinida (é provável que em sua origem tenha sido verde, mas agora trazia umas manchas escuras, a tinta escorrida por antigas umidades para sempre ressecadas). Até aquele momento, não me recordava em absoluto de sua existência, mas enquanto o olhava reconheci-o como sendo uma carta de Isabel. Poucas cartas nos escrevemos, Isabel e eu. Na realidade, não houve motivo, já que não passamos por longas separações. A carta estava datada de Tacuarembó, 17 de outubro de 1935. Senti-me um pouco estranho diante daqueles caracteres delgados, de longos e perfilados apêndices, nos quais era possível reconhecer uma pessoa e também uma época. Era evidente que não havia sido escrita com uma caneta-tinteiro, mas sim com uma daquelas penas em forma de colherinha que, mal o sujeito as tomava para escrever, sabiam se queixar em surdina e até cuspir ao redor de si umas gotinhas quase invisíveis de tinta violeta. Tenho que transcrever esta carta em meu caderninho. Tenho que fazê-lo, porque ela é parte de mim mesmo, de minha história inalterável. Foi-me endereçada em uma circunstância muito especial e, além disso, sua releitura me descentrou um pouco, fez-me duvidar de algumas coisas, chegaria, inclusive, a dizer que me deixou comovido. Diz o seguinte: "Meu querido: faz três semanas que cheguei. Traduzindo: três semanas que durmo sozinha. Não te parece horrível? Tu sabes que às vezes me acordo de noite e tenho absoluta necessidade de te tocar, de me sentir ao teu lado. Não sei o que tu tens que me reconforta, mas te saber junto a mim faz com que, semi-adormecida, eu me sinta sob a tua proteção. Agora tenho terríveis pesadelos, mas meus pesadelos não têm monstros. Consistem apenas em sonhar que estou sozinha na cama, sem ti. E, quando eu me acordo e afugento o pesadelo, resulta que efetivamente estou sozinha na cama, sem ti. A única diferença é que dormindo não posso chorar, ao passo que assim que acordo é o que faço. Por que está acontecendo isso comigo? Sei que estás em Montevidéu, sei que te cuidas e que pensas em mim. É verdade que pensas? Esteban e a pequenina estão bem, embora saibas que a tia Zulma os mima demais. Prepara-te, quando voltarmos, para que a pequenina nos deixe sem dormir por várias noites. Por Deus, quando chegarão essas noites? Tenho uma notícia, sabes? Estou grávida novamente. É terrível dizer isso sem que possas me beijar. Ou para ti não é tão horrível assim? Vai ser um homem e vai se chamar Jaime. Agradam-me os nomes com jota. Não sei por quê, mas desta vez tenho um pouco de medo. E se eu morro? Responde-me logo dizendo que não, que eu não vou morrer. Já pensou no que farias se eu morresse? Tu és corajoso, saberias te defender; além disso, encontrarias logo uma outra mulher, já sinto um ciúme espantoso dela. Viu como estou neurastênica? É que me faz muito mal não te ter por aqui, ou que não me tenhas aí, dá no mesmo. Não rias; tu sempre achas graça de tudo, mesmo quando não há nada engraçado. Não rias, não sejas mau. Escreve-me dizendo que não vou morrer. Nem mesmo como uma alma penada poderia deixar de sentir tua falta. Ah, antes que eu me esqueça: fala por telefone com a Maruja para lembrá-la de que dia 22 é o aniversário de Dora. Pede que mande as felicitações em meu nome e no dela. A casa está muito suja? A menina recomendada pela Celia apareceu? Não vai espichar os olhos para ela, hein? Tia Zulma está feliz de ter as crianças aqui com ela. E o tio Eduardo não disse nada... Os dois me narram grandes histórias tuas, de quando tinhas dez anos e vinhas passar tuas férias por aqui. Parece que fizeste fama por ter uma resposta pronta para tudo. Um menino incrível, diz o tio Eduardo. Acredito que continues sendo um menino incrível, mesmo quando chegas cansado do escritório e trazes nos olhos um pouco de ressentimento, e me tratas com rispidez, às vezes com raiva. Mas à noite já estamos bem, não é verdade? Faz três dias que está chovendo. Sento-me junto à sacada da sala e fico olhando a rua. Mas pela rua não passa viva alma. Quando as crianças estão dormindo, vou ao gabinete do tio Eduardo e me entretenho com o *Dicionário Hispano-Americano*. Minha cultura e meu tédio aumentam a olhos vistos. Será menino ou menina? Se for menina, tu podes escolher o nome, desde que não seja Leonor. Mas não. Vai ser menino e vai se chamar Jaime, e terá um rosto grande como o teu, será muito feio e fará muito sucesso com as mulheres. Olha, gosto bastante dos filhos, amo-os muito, mas o que mais me agrada é que sejam teus filhos. Agora chove freneticamente sobre os paralelepípedos. Vou jogar uma paciência com cinco montes, como me ensinou a Dora, lembra? Se vencer, é porque não morrerei no parto. Te ama, te ama, te ama, a tua Isabel. P.S.: Ganhei na paciência! Viva!"

A vinte e dois anos de distância, como parece indefeso este entusiasmo. Apesar disso, era legítimo, era honesto, era certo. É curioso que na releitura desta carta eu tenha voltado a encontrar o rosto de Isabel, esse rosto que, apesar de meus esquecimentos, estava em minha memória. E o encontrei a partir desses "tu", "pensas", "fizeste", porque Isabel nunca usava "você", e não por convicção, mas meramente por costume, talvez por mania. Li aqueles "tus" e em seguida pude reconstruir a boca que os dizia. E em Isabel a boca era a parte mais importante de seu rosto. A carta dá conta de como ela era: um pouco caótica, em um permanente vaivém do otimismo ao pessimismo e vice-versa, sempre ao redor do amor e da cama, cheia de temores, movediça. Pobre Isabel. O filho nasceu homem e se chamou Jaime, mas ela morreu de um ataque de eclâmpsia poucas horas depois do parto. Jaime não tem um rosto grande como o meu. Nem de longe é feio, mas seu sucesso com as mulheres é provisório e, além do mais, inútil. Pobre Isabel. Acreditava que, vencendo no jogo, já havia vencido o destino, mas só o tinha provocado. Tudo está tão longe, tão longe. Até o marido de Isabel, o destinatário dessa carta de 1935 que era eu mesmo, até esse também está distante agora, não sei se para o bem ou para o mal. "Não rias", ela me diz e me repete. E era certo: eu ria naquela época, amiúde, e essas risadas não lhe caíam bem. Não gostava das rugas que se formavam em volta de meus olhos quando eu ria, nem achava graça na razão daquelas risadas, nem podia deixar de se sentir incomodada e ficar agressiva quando isso acontecia. Quando estávamos com outras pessoas e eu começava a rir, ela me encarava com um olhar de censura que antecipava a reprimenda posterior que faria assim que estivéssemos sozinhos: "Não rias, por favor, ficas horrível". Quando ela morreu, o riso me desapareceu da boca. Andei por quase um ano sobrecarregado por três coisas: a dor, o trabalho e os filhos. Depois retornou o equilíbrio; retornou o aprumo, retornou a calma. Mas o sorriso não retornou. Bem, às vezes sorrio, claro, mas por algum motivo especial ou porque conscientemente quero sorrir, e isso é muito raro. Em contrapartida, aquele riso que era quase um tique, um gesto permanente, esse nunca retornou. Às vezes penso que é uma lástima que Isabel não esteja viva para me ver tão sério; ela teria gostado muito de minha seriedade atual. Mas, se Isabel estivesse aqui, comigo, talvez não tivesse me curado do riso. Pobre Isabel. Agora me dou conta de que falava muito pouco com ela. Às vezes não encontrava do que falar, na realidade, não havia entre nós muitos temas em comum, exceto os assuntos dos filhos, dos credores, do sexo. Mas deste último tema não era imprescindível falar. E eram bastante eloqüentes as nossas noites. Isso era amor?

Não estou certo. É provável que, se nosso casamento não tivesse terminado aos cinco anos, teríamos descoberto mais tarde que esse era só um dos ingredientes. E talvez não muito mais tarde. Mas nesses cinco anos foi um ingrediente que foi suficiente para nos manter unidos, fortemente unidos. Agora, com Avellaneda, o sexo é (para mim, ao menos) um ingrediente menos importante, menos vital; muito mais importantes, mais vitais, são nossas conversas, nossas afinidades. Mas não me iludo. Tenho bem presente que agora tenho quarenta e nove anos e quando morreu Isabel eu tinha vinte e oito. Não tenho dúvida de que se Isabel aparecesse agora, a mesma Isabel de 1935 que escreveu sua carta de Tacuarembó, uma Isabel de cabelos negros, de olhos atraentes, de quadris tangíveis, de pernas perfeitas, é mais certo que eu dissesse: "Que pena" e fosse atrás de Avellaneda.

Quarta-feira, 7 de agosto

Outro elemento a ser levado em conta diante da possibilidade da subgerência. Se em minha vida não tivesse aparecido Avellaneda, talvez tivesse direito a vacilar. Compreendo que para alguns o ócio possa ser fatal; sei de vários aposentados que não foram capazes de sobreviver a essa interrupção da rotina. Mas trata-se de pessoas que foram endurecendo, paralisando-se, que virtualmente foram deixando de pensar por conta própria. Não creio que seja este o meu caso. Penso por conta própria. Mas, ainda que o faça, eu poderia desconfiar do ócio, desde que o ócio fosse uma simples variante da solidão; como poderia sê-lo, em meu futuro de dois meses atrás, antes que Avellaneda aparecesse. Mas, com ela instalada em minha existência, já não haverá solidão. Quer dizer: tomara que não haja. É preciso ser mais modesto, mais modesto. Não em relação aos outros, isso é o que importa. É preciso ser modesto em relação a si mesmo, quando alguém se confessa a si mesmo, quando este alguém se aproxima de sua última verdade, que pode chegar até a ser mais decisiva do que a voz da consciência, porque esta sofre de afonias, de rouquidões imprevistas, que freqüentemente a impedem de ser escutada. Já sei agora que minha solidão era um terrível fantasma, sei que a simples presença de Avellaneda foi suficiente para espantá-la, mas sei também que não está morta, que estará reunindo suas forças em algum porão imundo, em algum arrabalde de minha rotina. Por isso, e somente por isso, apeio-me de minha suficiência e me limito a dizer: tomara.

Quinta-feira, 8 de agosto

Que alívio. Já respondi que não. O gerente sorriu satisfeito, satisfeito porque não me aprovava como colaborador e também porque minha recusa lhe serviria para criar a retroatividade para as boas razões que seguramente empunhou para se opor à minha promoção. "Era o que eu dizia, um homem acabado, um homem que não quer mais luta. Para esse cargo, precisamos de alguém ativo, vital, empreendedor, não um sujeito cansado." Quase pude ver o joguinho asqueroso, jactancioso, egocêntrico, de seu asqueroso polegar. Assunto concluído. Que tranqüilidade.

Segunda-feira, 12 de agosto

Ontem à tarde estávamos sentados junto à mesa. Não fazíamos nada, nem sequer falávamos. Eu trazia minha mão apoiada sobre um cinzeiro sem cinzas. Estávamos tristes: assim nos sentíamos, tristes. Mas era uma tristeza doce, quase uma paz. Ela estava me olhando e logo moveu os lábios para dizer três palavras. Disse: "Eu amo você". Então me dei conta de que era a primeira vez que me dizia aquilo, mais ainda, que era a primeira vez que ela o dizia para alguém. Isabel me repetia aquilo vinte vezes por noite. Para Isabel, repeti-lo era como outro beijo, era um simples recurso do jogo amoroso. Avellaneda, por outro lado, dissera-o uma vez, a necessária. Talvez já não precise dizê-lo mais, porque não é jogo: é uma essência.

Então senti uma tremenda opressão no peito, uma opressão que não parecia afetar nenhum órgão físico, mas que era quase asfixiante, insuportável. Bem ali, no peito, próximo à garganta, ali deve estar a alma, como um novelo de lã. "Até agora não havia dito isso a você", murmurou, "não porque não o amasse, mas sim porque ignorava a razão desse amor. Agora já sei." Pude respirar, pareceu-me que a golfada de ar chegava do meu estômago. Sempre consigo respirar quando alguém explica as coisas. O deleite frente ao mistério, o gozo rente ao inesperado são sensações que às vezes minhas modestas forças não suportam. Menos mal que alguém sempre explica as coisas. "Agora eu sei. Não o amo por seu rosto, nem por sua experiência, nem por suas palavras, nem por suas intenções. Amo você porque é feito de madeira boa." Ninguém jamais havia me dedicado um juízo tão comovente, tão singelo, tão vivificante. Quero acreditar que é verdade, que sou feito de madeira boa. Talvez esse momento tenha sido excepcional, mas de qualquer maneira me senti vivo. Essa opressão no peito significa viver.

Quinta-feira, 15 de agosto

Na próxima segunda-feira iniciarei minha última licença. Será uma antecipação do grande Ócio Final. Jaime não deu sinal de vida.

Sexta-feira, 16 de agosto

Um incidente verdadeiramente incômodo. Havia me encontrado às sete e meia com Aníbal e, depois de conversar um pouco no café, tomamos o trólebus. A linha também lhe servia, embora ele descesse antes. Falávamos de mulheres, casamento, fidelidade, etc. Tudo em termos muito amplos, gerais. Eu, em voz muito baixa, porque sempre receei o ouvido viajante das pessoas; mas Aníbal, mesmo que queira manter o tom de segredo, faz isso com um cochichar retumbante que inunda o ambiente. Não sei a que caso concreto nos referíamos. De pé junto a ele, no corredor, ia uma velha de cara quadrada e chapéu redondo. Dei-me conta de que estava antenada nas palavras de Aníbal, mas como o que ele dizia era muito edificante, muito pequeno-burguês, de uma moral a toda prova, não me preocupei muito. Apesar disso, quando Aníbal desceu e a velha passou a ocupar um lugar em um assento ao meu lado, a primeira coisa que me disse foi: "Não dê ouvidos a esse tipo diabólico". E antes que eu pudesse articular um estupefato: "O que disse?", já seguia a velha: "Um sujeito verdadeiramente diabólico.

São esses os que arruínam os lares. Ah, vocês homens. Com que facilidade condenam as mulheres! Olhe, eu posso lhe assegurar que, quando uma mulher se perde, sempre há um homem ruim, cretino, denegridor, que primeiro a fez perder a fé em si mesma." A velha falava aos gritos. Todas as cabeças começaram a se voltar para registrar quem era o destinatário de semelhante ladainha. Sentia-me como um inseto. A velha continuava: "Sou batllista[6], mas contrária ao divórcio. O divórcio é o que está acabando com a família. Sabe onde vai acabar esse tipo diabólico que o acompanhava? Ah, não sabe. Mas eu sei. Esse sujeito vai parar na cadeia ou vai se matar. E isso seria ótimo. Porque eu conheço homens que deveriam ser queimados vivos." Visualizei a insólita imagem de Aníbal ardendo em uma fogueira. Só então tive alento para responder. "Diga-me, senhora, por que não se cala? O que a senhora sabe do problema? O que aquele senhor vinha dizendo é justamente o contrário do que a senhora entendeu..." E a velha, incólume: "Veja as famílias de antigamente. Ali sim havia moral. O senhor passava ao entardecer na frente dos lares e via sentados na varanda o esposo, a esposa, os filhos, todos bem-ajuizados, dignos, bem-educados. Isso é a felicidade, senhor, e não tratar sempre de desencaminhar as mulheres, levá-las para a vida fácil, sabe?" Enquanto me gritava essas palavras, agitando o indicador, o chapéu perdia o prumo e se inclinava um pouco para a esquerda. Confesso que essa imagem ideal da felicidade com toda a família sentada na varanda não chegava a me comover muito. "O senhor não leve a sério o que ele diz. Deve é rir, rir do que ele disse." "E por que a senhora não faz o mesmo, em vez de ficar furiosa?" As pessoas já haviam começado a fazer comentários. A velha tinha seus partidários; eu, os meus. Quando digo "eu", quero dizer esse inimigo fantasmagórico contra o qual a senhora descarregava seus impropérios. "E leve em conta que sou batllista, mas contrária ao divórcio." Então,

6. Partidária de José Batlle y Ordóñez, presidente por duas vezes do Uruguai. Entre diversas reformas, estabeleceu a autonomia do Estado em relação à Igreja. (N.T.)

antes que reiniciasse o ominoso ciclo, pedi licença e desci, dez quadras antes de meu destino.

Sábado, 17 de agosto

Nesta manhã estive falando com os membros da Diretoria. Coisas sem maior importância, mas que me fizeram notar, apesar de tudo, que sentem por mim um amável e compreensível desprezo. Imagino que eles, quando se refestelam em suas poltronas estofadas da sala da Diretoria, devem se sentir quase onipotentes, pelo menos tão perto do Olimpo quanto pode se sentir uma alma sórdida e negra. Chegaram ao máximo. Para um futebolista, o máximo significa chegar um dia a jogar na seleção; para um místico, comunicar-se alguma vez com seu Deus; para um sentimental, achar em alguma ocasião em outro ser o verdadeiro eco de seus sentimentos. Para esta pobre gente, em compensação, o máximo é chegar a sentar em cadeiras presidenciais, experimentar a sensação (que para outros seria por demais incômoda) de que alguns destinos estão em suas mãos, ter a ilusão de que resolvem, de que dispõem, de que são alguém. Hoje, contudo, enquanto os olhava, não conseguia considerar suas caras como pertencentes a Alguém, mas sim a Algo. Parecem-me Coisas, não Pessoas. Mas o que eu lhes parecerei? Um imbecil, um incapaz, um trapo velho que se atreveu a rechaçar a oferta do Olimpo. Certa vez, há muitos anos, ouvi o mais velho entre eles dizer: "O maior erro de alguns homens de comércio é tratar seus empregados como se fossem seres humanos". Nunca me esqueci e jamais me esquecerei dessa pequena frase, simplesmente porque não o posso perdoar. Não apenas em meu nome, mas em nome de todo o gênero humano. Agora sinto uma forte tentação de inverter a frase e pensar: "O maior erro de alguns empregados do comércio é tratar seus patrões como se eles fossem pessoas". Mas resisto a essa tentação. São pessoas. Não parecem, mas são. E pessoas dignas de uma odiosa piedade, da mais infamante das piedades, porque a verdade é que eles formam para si uma casca de orgulho, um invólucro repugnante, uma sólida hipocrisia, mas no fundo são ocos. Asquerosos e ocos. E padecem da mais horrível variante da solidão: a solidão de quem não tem sequer a si mesmo.

Domingo, 18 de agosto

"Conte-me coisas de Isabel." Avellaneda tem isso de bom: faz com que alguém descubra coisas, que se conheça melhor. Quando alguém permanece muito tempo sozinho, quando se passam anos e anos sem que um diálogo vivificante e inquiridor o estimule a levar essa modesta civilização da alma que se chama lucidez até as zonas mais intrincadas do instinto, até essas terras realmente virgens, inexploradas, dos desejos, dos sentimentos, das repulsas, quando essa solidão se converte em rotina, quando alguém vai perdendo inexoravelmente a capacidade de se sentir sacudido, de sentir que ainda vive. Mas vem Avellaneda e faz perguntas, e a partir das perguntas que faz, eu faço outras tantas, e então sim, agora sim, sinto-me vivo e sacudido. "Conte-me coisas de Isabel" é um pedido inocente, simples, e no entanto... As coisas de Isabel são as minhas coisas, ou foram; são as coisas de quem eu era nos tempos de Isabel. Que imaturidade, meu Deus. Quando Isabel apareceu, eu não sabia o que queria, não sabia o que esperar dela ou de mim. Não havia como comparar, pois não havia padrões para reconhecer o que era felicidade e o que era tristeza. Os bons momentos iam formando depois a definição de felicidade, os maus momentos serviam para criar uma fórmula para a tristeza. A isso também se chama frescor, espontaneidade, mas a quantos abismos leva o espontâneo. Eu tive sorte, no meio disso tudo. Isabel era boa, eu não era um cretino. Nossa união nunca foi complicada. Mas o que teria acontecido se o tempo tivesse chegado a gastar esse ameaçado atrativo do sexo? "Conte-me coisas de Isabel" era um convite à sinceridade. Eu sabia o risco que corria. Os ciúmes retrospectivos (por sua impossibilidade de rancor, por sua falta de desafio, por sua improvável competição) são espantosamente cruéis. Não obstante, fui sincero. Contei as coisas de Isabel que eram verdadeiramente suas. E minhas. Não inventei uma Isabel que permitisse me exibir diante de Avellaneda. Tive o impulso de fazê-lo, claro. Todo mundo gosta de fazer uma boa figura, e depois de fazer isso ficar ainda melhor frente a quem se ama, diante de quem, por outro lado, pretende arranjar méritos para ser querido. Não a inventei, primeiro, porque acredito que Avellaneda é digna da verdade e, depois, porque também eu sou digno disso, porque estou cansado (e nesse caso a fadiga é quase um nojo) da dissimulação, dessa dissimulação que alguém veste como uma careta sobre o velho rosto sensível. Por isso, não estou assombrado com o fato de que, à medida que Avellaneda foi se inteirando de como fora Isabel, eu também fosse me inteirando de como eu havia sido.

Segunda-feira, 19 de agosto

Comecei hoje minha última licença. Choveu o dia todo. Estive durante toda a tarde no apartamento. Troquei duas tomadas, pintei um armarinho, lavei duas camisas de náilon. Às sete e meia chegou Avellaneda, mas só ficou até as oito. Tinha que ir ao aniversário de uma tia. Disse que Muñoz, como meu suplente, é insuportavelmente autoritário e pedante. Já se indispôs com Robledo.

Terça-feira, 20 de agosto

Faz um mês que Jaime saiu de casa. Pense ou não nisso, é certo que o problema sempre me acompanha. Se eu pudesse ao menos ter falado com ele uma vez que fosse!

Quarta-feira, 21 de agosto

Fiquei em casa e li por não sei quantas horas, mas só revistas. Não quero continuar. Fico com uma horrível sensação de tempo perdido, algo assim como se a estupidez me anestesiasse o cérebro.

Quinta-feira, 22 de agosto

Sinto-me um pouco estranho sem o escritório. Mas talvez me sinta assim porque tenho consciência de que este não é o verdadeiro ócio, de que é apenas uma folga, que logo terminará, ameaçada pela existência do próprio escritório.

Sexta-feira, 23 de agosto

Quis fazer-lhe uma surpresa. Fui esperar por ela a uma quadra do escritório. Às sete e cinco eu a vi aproximar-se. Mas vinha junto com Robledo. Não sei o que lhe dizia Robledo, mas o certo é que ela ria às frouxas, divertindo-se a valer. Desde quando Robledo é tão engraçado? Entrei em um café, deixei-os passar e depois os segui, a trinta passos de distância. Ao chegar à Andes, os dois se despediram. Ela dobrou para tomar a San José. Ia para o apartamento, claro. Entrei em uma cafeteria pequena e suja, onde me serviram um pingado em uma xícara que ainda trazia marcas de batom. Não bebi o café, mas nem disse nada ao garçom. Eu estava agitado, nervoso, inquieto. Sobretudo, indignado comigo mesmo. Avellaneda rindo com Robledo. Que mal havia nisso? Avellaneda em uma simples relação humana, não meramente de trabalho, com um sujeito que não era eu. Avellaneda seguindo pela rua com um homem jovem, alguém de sua geração, não um velhusco como eu. Avellaneda longe de mim, vivendo por conta própria. Claro que não havia nada de mal naquilo tudo. Mas a horrível sensação provém, talvez, de que esta é a primeira vez que entrevejo conscientemente a possibilidade de que Avellaneda possa existir, desenvolver-se e rir, sem que meu amparo (não digamos meu amor) seja imprescindível. Eu sabia que a conversa entre ela e Robledo havia sido inocente. Ou talvez não. Porque Robledo não tem como saber que ela não é desimpedida. Que idiota, que piegas, que convencional me sinto ao escrever: "Ela não é desimpedida". Desimpedida para quê? Talvez a essência de minha inquietude seja ter comprovado isso, nada mais: que ela possa se sentir bastante à vontade entre gente jovem, especialmente na companhia de um homem jovem. E outra coisa: isso que eu vi não é nada, mas, por outro lado, é muito o que entrevi, e o que entrevi é o risco de perder tudo. Robledo não interessa. No fundo é um frívolo que jamais chegaria a lhe interessar. Mas e os outros, os outros espalhados pelo mundo? Se um homem jovem a faz rir, quantos outros poderiam atraí-la? Se ela me perde um dia (sua única inimiga pode ser a morte, a maliciosa morte que nos tem a todos fichados), ela teria ainda a vida inteira, teria o tempo em suas mãos, teria seu coração, que sempre será novo, generoso, esplêndido. Mas, se eu a perco um dia (meu único inimigo é o Homem, o Homem que está em todas as esquinas do mundo, o Homem que é jovem e forte e que promete), perderia com ela minha última oportunidade de viver, o último respiro do tempo, porque embora meu coração agora se sinta generoso, alegre, renovado, sem ela voltaria a ser um coração definitivamente envelhecido.

Paguei o pingado que não tomei e me dirigi para o apartamento. Levava comigo um embaraçoso temor de seu silêncio, sobretudo porque sabia de antemão que, mesmo que ela não dissesse nada, eu não iria investigar, nem perguntar, nem reprovar. Simplesmente ia engolir a seco a amargura e, isso sim era certo, começar uma era de pequenas tormentas sem vazão. Tenho uma desconfiança particular em relação as minhas épocas sombrias. Acho que minha mão tremia quando fiz girar a chave na fechadura. "Por que chegou tão tarde?", gritou da cozinha. "Esperava você chegar para contar a última loucura do Robledo, que figura! Fazia anos que não ria tanto." E apareceu no living com seu avental, sua saia verde, seu pulôver preto, seus olhos limpos, cálidos, sinceros. Ela não poderá saber nunca que me salvava com aquelas palavras. Puxei-a contra mim e, enquanto a abraçava, enquanto aspirava o cheiro ternamente animal de seus ombros através do cheiro universal da lã, senti que o mundo começava a girar de novo, senti que poderia relegar a um futuro longínquo, ainda inominado, essa ameaça concreta que se chamara Avellaneda e os Outros. "Avellaneda e eu", eu disse devagar. Ela não entendeu o porquê dessas três palavras nessa ocasião em específico, mas alguma obscura intuição a fez saber que estava acontecendo algo importante. Separou-se um pouco de mim, ainda sem me soltar, e pediu: "Vamos ver, diga outra vez". "Avellaneda e eu", repeti, obediente. Agora estou sozinho, de volta em casa, e são quase duas da manhã. De vez em quando, simplesmente porque me dá forças e vigor e sustento, continuo repetindo: "Avellaneda e eu".

Sábado, 24 de agosto

São raras as vezes em que penso em Deus. Apesar disso, tenho um fundo religioso, uma ânsia de religião. Queria me convencer de que efetivamente tenho uma definição de Deus, um conceito de Deus. Mas não tenho nada semelhante. São raras as vezes em que penso em Deus, pelo simples fato de que o problema me excede tão demasiada e soberanamente, que chega a me provocar uma espécie de pânico, uma debandada geral de minha lucidez e de minha razão. "Deus é a totalidade", diz Avellaneda com freqüência. "Deus é a Essência de tudo", diz Aníbal, "o que mantém tudo em equilíbrio, em harmonia. Deus é a Grande Coerência." Sou capaz de entender uma e outra definição, mas nem uma nem outra são a *minha definição*. É provável que eles estejam no caminho certo, mas não é desse Deus que necessito. Necessito de um Deus com quem conversar, um Deus em quem possa buscar amparo, um Deus que responda aos meus questionamentos, que suporte as metralhadas de minhas dúvidas. Se Deus é a Totalidade, a Grande Coerência, se Deus não é mais que a energia que mantém vivo o Universo, se é algo tão incomensuravelmente infinito, que importância posso ter para Ele, um átomo precariamente alçado a um insignificante piolho de seu Reino? Não me importa ser um átomo do último piolho de seu Reino, mas me importa que Deus esteja ao meu alcance, me importa poder agarrá-lo, não com minhas mãos, claro, nem sequer com meu raciocínio. Importa-me agarrá-lo com meu coração.

Domingo, 25 de agosto

Trouxe-me fotos de sua infância, de sua família, de seu mundo. É uma prova de amor, não é verdade? Foi uma criança magrinha, de olhos esbugalhados, de cabelo escuro e liso. Filha única. Eu também fui filho único. E não é fácil, a gente acaba por se sentir desamparado. Há uma foto deliciosa em que aparece com um enorme pastor alemão, e o animal a olha com ar de proteção. Imagino que todo mundo sempre tenha tido vontade de protegê-la. Contudo, não é tão indefesa, está bastante certa do que quer. Além disso, gosto que esteja certa. Está certa de que o trabalho a asfixia, de que nunca se suicidará, de que o marxismo é um grave erro, de que eu gosto dela, de que a morte não é o fim de tudo, de que seus pais são magníficos, de que Deus existe, de que as pessoas em que confia não lhe falharão jamais. Eu não conseguiria ser assim categórico. Mas o melhor de tudo é que ela não se engana. Sua segurança lhe serve inclusive para amedrontar o destino. Há uma foto em que está com os pais, de quando tinha doze anos. A partir dessa imagem eu também me animo a construir minha impressão desse casamento singular, harmônico, diferente. Ela é uma mulher de traços suaves, nariz fino, cabelo preto e pele muito clara, com duas pintas na face esquerda. Os olhos são serenos, talvez até demais; talvez não sirvam para comprometer-se totalmente no espetáculo a que comparecem, naquilo que vêem viver, mas me parecem capazes de compreender tudo. Ele é um homem alto, de ombros um tanto estreitos, com uma calvície que já naquela época havia feito estragos, uns lábios muito finos e um queixo muito pontudo, mas nada agressivo. Preocupam-me muito os olhos das pessoas. Os dele tinham algum tipo de desequilíbrio. Não, por certo, de alienação, mas sim de alheamento. São os olhos de alguém que está surpreso com o mundo, com o simples fato de se encontrar dentro dele. Ambos são (pode-se ver em seus rostos) boas pessoas, mas me agrada mais a bondade dela que a dele. O pai é um homem excelente, mas não é capaz de se comunicar com o mundo, de modo que não se pode saber o que aconteceria no dia em que chegasse a se estabelecer tal comunicação. "Eles se amam, tenho certeza", diz Avellaneda, "mas não sei se esse é o modo de amar que me atrai." Sacode a cabeça para acompanhar a dúvida, logo se anima para acrescentar: "Relacionadas aos sentimentos há uma série de zonas vizinhas, afins, fáceis de confundir. O amor, a confiança, a piedade, a camaradagem, a ternura; eu não sei qual dessas zonas tem lugar nas relações de meus pais. É algo muito difícil de definir e não acredito que eles mesmos o tenham definido. Em algumas ocasiões cheguei a tocar no assunto em conversas com mamãe. Ela acha que há serenidade demais em sua união com meu pai, equilíbrio demais para que possa existir efetivamente amor. Essa serenidade, esse equilíbrio, aos quais também se pode chamar de falta de paixão, teriam sido quem sabe insuportáveis se eles tivessem tido algo a reprovar mutuamente. Mas não há reprovações nem motivos de reprovação. Sabem que são bons, honestos, generosos. Sabem também que tudo isso, embora seja tão magnífico quanto é, não significa ainda o amor, nem significa que se queimem nesse fogo. Não se queimam, e isso que os une dura mais ainda." "E o que acontece entre nós dois? Não estamos queimando?", perguntei, mas nesse preciso instante estava distraída, e seu olhar também parecia o de alguém surpreendido pelo mundo, pelo simples fato de se encontrar dentro dele.

Segunda-feira, 26 de agosto

Contei tudo a Esteban. Blanca fora almoçar com Diego, de modo que estávamos sozinhos ao meio-dia. Foi um grande alívio inteirar-me de que ele já sabia. Jaime lhe havia contado. "Veja, papai, não consigo entender totalmente e nem acho que seja a melhor solução essa sua união com uma garota tantos anos mais nova que o senhor. Mas uma coisa é certa: não me atrevo a julgá-lo. Sei que, quando alguém vê as coisas de fora, quando não se sente implicado nelas, é muito mais fácil proclamar o que está certo e o que está errado. Mas, quando alguém está metido até o pescoço no problema (e eu já passei por isso muitas vezes), as coisas mudam, a intensidade é outra, surgem convicções profundas, sacrifícios inevitáveis e renúncias que podem parecer inexplicáveis para aquele que só observa. Tomara que tudo corra bem, não aparentemente bem, mas bem de verdade. Tomara que você se sinta ao mesmo tempo protetor e protegido, que é uma das mais agradáveis sensações que se pode permitir o ser humano. Eu me lembro um pouco de mamãe. Na realidade, é uma imagem verdadeira sobre a qual foram sendo superpostas as lembranças dos demais. Já não sei qual dessas lembranças é exclusivamente minha. Uma só talvez: ela se penteando no quarto, com seu cabelo longo e escuro caindo sobre as costas. Pode perceber desde já que não é muito o que lembro de mamãe. Mas com os anos fui me habituando a considerá-la como algo ideal, inalcançável, quase etéreo. Era tão linda. Não é verdade? Compreendo que na melhor das hipóteses essa minha representação tem pouco a ver com o que mamãe verdadeiramente foi. No entanto, é assim que ela existe para mim. Por isso me chocou um pouco quando ele me disse que você estava saindo com uma garota. Fiquei chocado, mas me pareceu algo admissível, porque você andava muito sozinho. E mais, me dou conta agora, porque segui o seu processo e vi como você voltou a viver. Assim, não o julgo, não posso julgá-lo; mais ainda, gostaria muito que você acertasse e se aproximasse o máximo possível da boa sorte."

Terça-feira, 27 de agosto

Frio e sol. Sol de inverno, que é o mais afetuoso, o mais benévolo. Fui até a Plaza Matriz e me sentei em um banco, depois de abrir um jornal sobre o cocô dos pombos. À minha frente, um empregado municipal limpava o gramado. Fazia-o com parcimônia, como se estivesse acima de todos os impulsos. Como eu me sentiria se fosse o empregado municipal limpando o gramado? Não, essa não é minha vocação. Se eu pudesse escolher outra profissão que não a minha, outra rotina que não a que me desgastou durante trinta anos, nesse caso escolheria ser garçom em um café. E seria um garçom ativo, memorioso, exemplar. Buscaria compartimentos mentais para não me esquecer dos pedidos de todos. Deve ser magnífico trabalhar sempre com caras novas, falar livremente com um sujeito que chega hoje, pede um café e nunca mais voltará a aparecer. As pessoas são formidáveis, divertidas, cheias de potencial. Deve ser fabuloso trabalhar com pessoas em vez de trabalhar com números, com livros, com planilhas. Mesmo que eu viajasse, que me fosse daqui e tivesse a oportunidade de me surpreender com paisagens, monumentos, caminhos, obras de arte, nada me fascinaria tanto como as Pessoas, como ver as Pessoas passar e esquadrinhar seus rostos, reconhecer aqui e acolá gestos de felicidade e amargura, ver como se lançam a seus destinos, em insaciada turbulência, com esplêndido apuro, e me dar conta de como avançam, inconscientes de sua brevidade, de sua insignificância, de suas vidas sem reservas, sem se sentirem jamais encurraladas, sem admitirem que estão encurraladas. Acho que nunca, até agora, havia tido consciência da Plaza Matriz. Devo tê-la cruzado mil vezes, sabe lá quantas vezes amaldiçoei o desvio que é preciso fazer para circular a fonte. Já a havia visto antes, claro que sim, mas não me detivera para observá-la, para senti-la, para extrair seu caráter e reconhecê-lo. Estive um bom tempo contemplando a alma agressivamente sólida do Cabildo, o rosto hipocritamente lavado da catedral, o desalentado balançar das árvores. Creio que nesse momento se afirmou definitivamente uma convicção de natureza íntima: sou deste lugar, desta cidade. Nisto (é provável que em nada mais) acredito ser um fatalista. Cada um é de um só lugar na Terra e ali deve pagar sua cota. Eu sou daqui. Aqui pago a minha cota. Esse que passa (de sobretudo longo, orelhas de abano, rengueando com raiva), esse é meu semelhante. Ainda ignora que eu existo, mas um dia me verá de frente, de perfil ou de costas, e terá a sensação de que entre nós há algo secreto, um recôndito laço que nos une, que nos dá força para nos entendermos. Ou talvez não chegue esse dia, talvez ele nunca preste atenção a esta praça, a este ar que nos torna próximos, que nos emparelha, que nos liga. Mas não importa; de qualquer maneira, é meu semelhante.

Quarta-feira, 28 de agosto

Restam-me apenas quatro dias de licença. Não sinto falta do escritório. Sinto falta de Avellaneda. Hoje fui ao cinema sozinho. Vi um filme de caubóis. Até a metade, estive entretido; a partir dali, fiquei entediado de mim mesmo, de minha própria paciência.

Quinta-feira, 29 de agosto

Pedi a Avellaneda que não fosse ao escritório. Eu, seu chefe, dei-lhe autorização e basta. Ficou o dia inteiro comigo no apartamento. Imagino a cara feia de Muñoz, com duas pessoas a menos na seção e toda a responsabilidade sobre os seus ombros. Não só a imagino como a compreendo. Mas não importa. Estou em uma idade em que o tempo parece e é irrecuperável. Tenho que me agarrar desesperadamente a esta razoável alegria que veio à minha procura e me encontrou. Por isso não posso me tornar magnânimo, generoso, não posso me ocupar das preocupações de Muñoz em detrimento das minhas. A vida se esvai, está se esvaindo agora mesmo, e não consigo suportar essa sensação de escape, de encerramento, de final. Este dia com Avellaneda não é a eternidade, é apenas um dia, um pobre, indigno, limitado dia, ao que todos, de Deus para baixo, condenamos. Não é a eternidade, mas sim o instante, que, depois de tudo, é seu único sucedâneo verdadeiro. Portanto, tenho que apertar o punho, gastar essa plenitude sem nenhuma reserva, sem previsão alguma. Talvez depois venha o ócio definitivo, o ócio assegurado, talvez haja depois muitos dias como este, e eu pense nessa pressa, nessa impaciência, como em um ridículo esgotamento. Talvez, não mais que talvez. Mas este Enquanto Isso tem o alívio, a garantia daquilo que é, daquilo que está sendo.

Fazia frio. Avellaneda esteve todo o dia de pulôver e calças. Assim, com o cabelo preso, parecia um rapazote. Disse a ela que parecia um vendedor de jornais. Mas ela não prestou muita atenção. Estava preocupada com o seu horóscopo. Faz um ano que alguém fez seu horóscopo e lhe predisse o futuro. Ao que parece, nesse futuro aparecia seu emprego atual e, sobretudo, aparecia eu. "Homem maduro, de muita bondade, um pouco apagado, mas inteligente." Que tal? Este sou eu. "O que você acha? Será que se pode, de verdade, prever o futuro?" "Não sei se é possível, mas de qualquer maneira me parece uma prisão. Não quero saber o que vai acontecer comigo. Seria horrível. Já pensou que vida espantosa levaria alguém que sabe quando vai morrer?" "Eu gostaria de saber quando vou morrer. Se fosse possível conhecer a data da própria morte, a gente poderia regular o ritmo da vida, gastar mais ou menos de acordo com o saldo que restasse." Para mim aquilo parecia monstruoso. Mas a previsão feita à Avellaneda diz que ela terá dois ou três filhos, que será feliz, que ficará viúva (que coisa), que morrerá de uma doença vascular, lá pelos oitenta. Avellaneda se preocupa bastante com a questão dos dois ou três filhos. "Você quer tê-los?" "Não estou muito certo disso." Ela se dá conta de que minha resposta é a prudência em pessoa, mas quando me olha sei que quer ter filhos, ao menos um. "Não fique triste", digo, "se você ficar sou capaz de encomendar gêmeos." Ela sabe o que eu penso, sofre por isso e se aferra ao vaticínio. "E você não se importa com a viuvez, mesmo sendo uma viuvez clandestina?" "Não me importo, porque minha fé não vai até ali. Sei que você é indestrutível, que as predições passam ao largo, sem tocá-lo." Nada além de uma garotinha aninhada no sofá, as pernas enroscadas, e a ponta do nariz vermelha por causa do frio.

Sexta-feira, 30 de agosto

Durante a licença, escrevi todos os dias. É de bom grado que me reintegro ao trabalho. Esta licença foi um bom aperitivo para a minha aposentadoria. Blanca recebeu uma carta de Jaime, rancorosa, violenta. O parágrafo a mim dedicado diz o seguinte: "Diga ao velho que todos os meus amores foram platônicos; então, quando tiver pesadelos em que apareça minha pessoa imunda, pode desconsiderá-los e respirar aliviado. Por enquanto." Há muito ódio reunido para que possa ser verdadeiro. No fim das contas, vou acabar pensando que este filho ainda tem algum amor por mim.

Sábado, 31 de agosto

Avellaneda e Blanca se encontravam sem que eu soubesse. Blanca deixou escapar uma pequena e reveladora frase e tudo veio às claras. "Não queríamos lhe contar porque estamos aprendendo muita coisa sobre você." De início, aquilo me pareceu uma piada de mau gosto, mas depois me comovi. Não tive outro remédio senão imaginar as duas garotas trocando suas respectivas e incompletas impressões sobre este homem simples que sou eu. Uma espécie de quebra-cabeças. Há curiosidade nisso, claro, mas também há carinho. Avellaneda, por sua vez, mostrou-se muito culpada, pediu-me perdão, disse umas cem vezes como Blanca era estupenda. Agrada-me que sejam amigas, por mim, através de mim, por minha causa, mas não posso evitar às vezes a sensação de estar sobrando. Na realidade, sou um veterano nisso de que se ocupam as duas garotas.

Domingo, 1º de setembro

Acabou-se a farra. Amanhã de volta ao escritório. Penso nas planilhas de venda, na borracha de apagar, nos livros copiadores, nas cadernetas de cheques, na voz do gerente, e meu estômago se revolta.

Segunda-feira, 2 de setembro

Receberam-me como a um salvador: com todos os problemas por resolver. Parece que esteve um inspetor por ali e armou uma tempestade em copo d'água por uma idiotice qualquer. Muñoz, o pobre, é capaz de se afogar nesse copo. Encontrei Santini mais veado do que nunca. Fez-me uma série de gestos escandalosos. Será também um platônico? Diz-se que, em função de minha recusa, trouxeram um subgerente de outra companhia. Martínez está uma fera. Hoje, pela primeira depois da borrasca, a Valverde apareceu. Move o traseiro com um entusiasmo digno de nota.

Terça-feira, 3 de setembro

Pela primeira vez, Avellaneda me falou do antigo namorado. Chama-se Enrique Ávalos e trabalha para a prefeitura. O namoro durou um ano. Exatamente, desde abril do ano passado até abril deste ano. "É uma boa pessoa. Ainda tenho estima por ele, mas..." Dei-me conta de que sempre temi esta explicação, mas também me dou conta de que meu maior temor era que não viesse nunca. Se ela se atrevia a mencioná-lo, era porque o tema já não importava tanto. De qualquer maneira, todos os meus sentidos ficaram pendentes naquele Mas, que me soava a música celestial. Porque o namorado tivera suas vantagens (sua idade, seu aspecto, o simples fato de chegar primeiro) e talvez não tenha sabido aproveitar. A partir desse Mas, abriu-se espaço para as minhas vantagens e eu estava disposto a aproveitá-las, quer dizer, a solapar o terreno do pobre Enrique Ávalos. A experiência me ensinou que um dos métodos mais eficazes para derrotar um rival no coração vacilante de uma mulher é elogiar sem restrições a esse mesmo rival, é se tornar compreensivo, tão nobre e tolerante, que nós mesmos chegamos a nos comover. "De verdade, ainda o estimo, mas estou certa de que não poderia ser nem medianamente feliz com ele." "Bem, como pode ter tanta certeza assim? Não diz que ele é uma boa pessoa?" "Claro que é, mas não basta. Nem sequer posso acusá-lo de que seja muito frívolo e eu muito profunda, porque nem sou tão profunda assim para me incomodar com uma boa dose de frivolidade, nem ele é tão frívolo a ponto de não se deixar comover por um sentimento verdadeiramente profundo. As dificuldades eram de outra ordem. Creio que o obstáculo mais intransponível era não nos sentirmos capazes de nos comunicar. Ele me exasperava; eu o exasperava. É possível que me amasse, vá saber, mas o certo é que tinha uma habilidade especial para me ferir." Que estupendo. Eu tinha que fazer um grande esforço para que a satisfação não me inflasse as bochechas, para manter as feições preocupadas, de alguém que lamenta de verdade que tudo aquilo tenha terminado em frustração. Tive até forças de fazer as vezes de advogado de meu inimigo: "E já pensou se você também não tem uma parte de culpa? Vai ver que ele a feria simplesmente porque você estava sempre esperando que ele a ferisse. Viver eternamente na defensiva não é, com certeza, o método mais eficaz para melhorar a convivência." Então ela sorriu e disse apenas: "Com você não sinto necessidade de viver na defensiva. Eu me sinto feliz." Isso já superava em muito a minha capacidade de me conter e dissimular. A satisfação se derramou por todos os meus poros, e já não me importei em me dedicar a arruinar para sempre os prestígios ainda sobreviventes do pobre Enrique, um maravilhoso derrotado.

Quarta-feira, 4 de setembro

Muñoz, Robledo, Méndez falaram-me com insistência de Avellaneda, de como trabalhara bem durante minha licença, de como se mostrara uma boa companheira. O que está acontecendo? Como terá se comportado Avellaneda nesses dias para que esses insensíveis se mostrem emocionados? Até o gerente me chamou e, entre outros assuntos, deixou escapar uma frase distraída: "Que tal essa garota da sua seção? Tenho boas referências sobre o trabalho dela." Elaborei um mesurado elogio, no tom mais convencional do mundo. Mas o Caranguejo acrescentou: "Sabe por que lhe perguntei? Estou pensando em trazê-la para cá, como minha secretária." Sorriu mecanicamente, sorri mecanicamente. Debaixo de meu sorriso, ao menos, havia palavrões a granel.

Quinta-feira, 5 de setembro

Acredito que quanto a isso sintamos a mesma coisa. Temos a imperiosa necessidade de nos dizer tudo. Falo com ela como se falasse comigo mesmo; na realidade, melhor do que se falasse comigo mesmo. É como se Avellaneda participasse de minha alma, como se estivesse aquartelada em um rincão de minha alma, esperando minha confidência, exigindo minha sinceridade. Ela, por sua vez, também me diz tudo. Em outro momento, sei que anotei algo como: "Pelo menos, assim o creio", mas agora não posso, simplesmente porque não seria certo. Agora sei que ela me diz tudo.

Sexta-feira, 6 de setembro

Vi o Vignale na confeitaria, bem escondido em uma mesinha ao fundo, com uma mocinha bastante vistosa. Saudou-me com um grande gesto, como para me confirmar que se lançou à aventura em grande escala. Assim, à distância, o casal me dava um pouco de pena. Logo me peguei pensando: "E eu?" Claro que Vignale é um sujeito grosseiro, empolado, insosso... Mas e eu? Como eu serei para alguém que me olhe de longe? Saio muito pouco com Avellaneda. Nossa vida transcorre no escritório e no apartamento. Temo que minha resistência em sair com ela se apóie, antes de mais nada, em um vigiado temor a fazer um mal papel. Não, não pode ser. Em um momento em que Vignale estava falando com o garçom, a garota lançou-lhe um olhar duro, de desprezo. Avellaneda não poderia me olhar assim.

Sábado, 7 de setembro

Reuniu-se comigo o amigo de Esteban. É praticamente certo que minha aposentadoria sai dentro de quatro meses. É curioso: quanto mais me aproximo do descanso, mais insuportável me parece o escritório. Sei que me restam somente quatro meses de lançamentos, contralançamentos, balancetes, contas de ordem, declarações de renda. Mas daria um ano de vida para que esses quatro meses se reduzissem a zero. Bem, pensando melhor, não daria um ano de vida, porque agora minha vida tem Avellaneda.

Domingo, 8 de setembro

Esta tarde fizemos amor. Já fizemos tantas vezes e, no entanto, não registrei isso aqui. Mas hoje foi maravilhoso. Nunca na minha vida, nem com Isabel, nem com ninguém, me senti tão perto da glória. Às vezes penso que Avellaneda é como uma fôrma que se instalou sobre meu peito e que o está aumentando, pondo-o em condições adequadas para sentir cada dia mais. O certo é que ignorava possuir em mim essas reservas de ternura. E não me importa que essa seja uma palavra sem prestígio. Tenho ternura e me sinto orgulhoso disso. Até o desejo se torna puro, até o ato mais definitivamente consagrado ao sexo se torna quase imaculado. Mas essa pureza não é carolice, não é afetação, não é pretender que só tenho a alma em vista. Essa pureza é querer cada centímetro de sua pele, é aspirar seu cheiro, é percorrer seu ventre, poro a poro. É levar o desejo ao cume.

Segunda-feira, 9 de setembro

Na seção de Vendas prepararam um trote pesado para um tal de Menéndez, um rapaz ingênuo, supersticioso, um apostador inveterado, que entrou na empresa na mesma leva que Santini, Sierra e Avellaneda. Acontece que Menéndez comprou um bilhete completo para a loteria de amanhã. Disse que dessa vez não ia mostrá-lo a ninguém, pois tinha um palpite de que, se não o mostrasse, ganharia na principal. Mas esta tarde veio um cobrador do Peñarol, e Menéndez, ao abrir a carteira para pagá-lo, deixou por uns segundos o número sobre o balcão. Ele não se deu conta, mas Rosas, um gaiato em permanente estado de alerta, anotou mentalmente o número e de imediato espalhou a informação. A brincadeira que armaram para amanhã é a seguinte: combinaram com o homem da lotérica em frente para que, em uma hora determinada, anote no quadro negro o número 15.301 no lugar do primeiro prêmio. Somente por uns minutos, depois pode apagá-lo. O homem gostou tanto da concepção da armação que, contra o previsto, concordou em colaborar.

Terça-feira, 10 de setembro

Foi fantástico. Às quinze para as três, chegou Gaizolo da rua e disse em voz alta: "Puta que pariu, estive jogando na dezena até sábado passado, e sai justo hoje". Do fundo chegou a primeira pergunta prevista: "É verdade que terminou em 1? Lembra dos outros números?" "01", foi a resposta, dada com má vontade. Peña saltou de trás da mesa: "Opa, joguei no 301" e acrescentou em seguida, dirigindo-se a Menéndez, que trabalha em frente ao janelão: "Ei, Menéndez, olha o quadro-negro lá fora. Se saiu o 301, vou forrar os bolsos." Parece que Menéndez virou a cabeça com toda a parcimônia, como agiria alguém que ainda está se contendo para não criar falsas ilusões. Viu os números claros e grandes do 15.301 e ficou paralisado por um momento. Acho que naquele instante pesou todas as possibilidades e descartou também qualquer possibilidade de trote. Ninguém, senão ele, conhecia o número. O traçado planejado da brincadeira, porém, terminava ali. O plano estabelecia que, nesse momento, todos viriam em conjunto cumprimentá-lo. Mas ninguém havia previsto que Menéndez daria um salto e sairia correndo até o fundo. A versão de uma testemunha é que entrou sem bater no gabinete do gerente (que naquele momento atendia a um representante de uma firma americana), praticamente se jogou em cima dele e, antes que o outro pudesse dar vazão a seu próprio assombro, já havia lhe dado um sonoro beijo na careca. Eu, que me dei conta tardiamente deste último lance, entrei atrás dele no gabinete, tomei-o pelo braço e o arranquei à força. Ali, entre as caixas de pernos e pistões, enquanto ele se sacudia em gargalhadas elétricas que nunca conseguirei esquecer, eu lhe disse quase aos gritos a verdade verdadeira. Senti-me horrível fazendo isso, mas não havia remédio. Nunca vi um homem se desmoronar de maneira tão repentina e irremediável. Suas pernas fraquejaram, escancarou a boca e já não conseguia fechá-la, e depois, só depois, tapou os olhos com a mão direita. Sentei-o em uma cadeira e entrei no gabinete do gerente para lhe explicar o episódio, mas o cretino não podia tolerar que o representante americano tivesse presenciado sua humilhação: "Não perca seu tempo tentando me explicar uma história inacreditável. Esse imbecil está demitido."

Isto é o horrível: está efetivamente despedido e, além disso, amargurado para sempre. Esses cinco minutos de frenética ilusão serão indeléveis. Quando os outros souberam da notícia, foram em comitiva até a gerência, mas o Caranguejo é inflexível. Deve ser o dia mais triste, mais grosseiro, mais deprimente de todos os muitos anos que passei no escritório. No entanto, na última hora, a confraria dos cruéis teve um gesto: enquanto Menéndez não encontre outro emprego, o pessoal decidiu contribuir com uma pequena porcentagem para formar seu salário e lhe entregar o valor. Mas houve um obstáculo: Menéndez não aceita o presente ou a reparação ou como quer que se queira chamá-lo. Tampouco quer falar com alguém do escritório. Pobre-diabo. Eu mesmo não deixo de me reprovar por não tê-lo deixado de sobreaviso desde ontem. Mas ninguém poderia imaginar que sua reação fosse tão fulminante.

Quarta-feira, 11 de setembro

Depois de amanhã é meu aniversário, mas ela já me mostrou de qualquer maneira os presentes. Primeiro me deu o relógio de ouro. Pobrezinha. Deve ter gastado todas as suas economias. Depois, com um pouco de vergonha, abriu uma caixinha e me mostrou o outro obséquio: um caracolzinho alongado, de linhas perfeitas: "Eu o recolhi em La Paloma, no dia em que fiz nove anos. Veio uma onda e o deixou aos meus pés, como uma oferenda do mar. Acredito que foi o momento mais feliz da minha infância. Ao menos, é o objeto material de que mais gosto, que mais admiro.

Quero que seja seu, que você o tenha consigo. Não lhe parece ridículo?"

Agora está na palma da minha mão. Vamos ser bons amigos.

Quinta-feira, 12 de setembro

Diego é um rapaz preocupado e, sob sua influência, Blanca também está se convertendo em uma pessoa preocupada. Esta noite falei longamente com ambos. Estão preocupados com o país, com sua própria geração e, no fundo de ambas as abstrações, a preocupação se chama Eles Mesmos. Diego quer fazer algo rebelde, estimulante, renovador; não sabe bem o quê. Até agora o que sente com a máxima intensidade é um inconformismo agressivo, no qual falta ainda um pouco de coerência. Parece-lhe funesta a apatia de nossa gente, sua carência de impulso social, sua democrática tolerância à fraude, a reação ignorante e inócua ante a mistificação. Considera espantoso, por exemplo, que exista um jornal matutino com dezessete editorialistas que escrevem por *hobby*, dezessete rentistas que de um bangalô em Punta del Este clamam contra a horrível praga do descanso, dezessete janotas que usam toda a sua inteligência, toda a sua lucidez, para encher de habilidosa convicção um tema em que não acreditam, uma diatribe que no fundo de si mesmos consideram injusta. Revolta-o que as esquerdas carreguem, sem se dar o trabalho de dissimular muito, um fundo de aburguesada acomodação, de rígidos ideais, de módico embuste. "O senhor vê alguma saída?", pergunta e torna a perguntar, com franca, provocativa ansiedade. "Quanto a mim, não a vejo. Há gente que entende o que está acontecendo, que acredita que é um absurdo o que está acontecendo, mas que se limita a lamentar. Falta paixão, esse é o segredo deste grande globo democrático em que nos convertemos. Durante vários anos, fomos serenos, objetivos, mas a objetividade é inofensiva, não serve para mudar o mundo, nem sequer para mudar um país de bolso como este. Falta paixão, e paixão gritada, ou pensada aos gritos, ou escrita aos gritos. É preciso gritar no ouvido das pessoas, já que sua surdez aparente é uma espécie de defesa, de autodefesa covarde e malsã. É preciso que se consiga despertar nos demais a vergonha de si mesmos, que se lhes substitua a autodefesa pelo auto-enojamento. No dia em que um uruguaio sentir nojo de sua própria passividade, esse dia se converterá em algo útil."

Sexta-feira, 13 de setembro

Hoje completo cinqüenta anos. Quer dizer, a partir deste dia estou em condições de me aposentar. Uma data que parece sentenciada para fazer um balanço. Mas já estive fazendo um balanço ao longo de todo o ano. Os aniversários acabam comigo, as alegrias e dores a prazo fixo. Parece-me deprimente, por exemplo, que no dia 2 de novembro tenhamos que chorar em coro por nossos mortos, que no dia 25 de agosto[7] nos emocionemos com a simples aparição da bandeira nacional. Se é ou não se é, não importa o dia.

Sábado, 14 de setembro

Apesar de tudo, a data de ontem não passou em vão. Hoje, em vários momentos do dia, pensei: "Cinqüenta anos", e minha alma desceu até os pés. Estive na frente do espelho e não pude evitar uma certa piedade, um pouco de comiseração por esse sujeito enrugado, de olhos cansados, que nunca chegou nem chegará a nada. O mais trágico não é ser medíocre, mas inconsciente dessa mediocridade; o mais trágico é ser medíocre e saber-se assim e não se conformar com esse destino que, por outro lado (isso é o pior), é de estrita justiça. Então, quando estava me olhando no espelho, apareceu sobre o meu ombro a cabeça de Avellaneda. Do sujeito enrugado, que nunca chegou nem chegará

---

7. Data nacional do Uruguai, em comemoração à independência, ocorrida em 25 de agosto de 1825. (N.T.)

a nada, acenderam-se os olhos, e por duas horas e meia se esqueceu de que havia completado cinqüenta anos.

Domingo, 15 de setembro

Ela ri. Eu lhe digo: "Tem noção do que significam cinqüenta anos?", e ela ri. Mas talvez no fundo se dê conta de tudo e vá depositando muitas e diversas coisas nos pratinhos da balança. Apesar disso, é boa e não me diz nada. Não menciona que chegará um instante inevitável em que eu a olharei sem sexo, em que sua mão na minha mão não será um choque elétrico, em que manterei por ela o suave carinho que se tem pelas sobrinhas, pelas filhas dos amigos, pelas mais remotas atrizes de cinema, um carinho que é uma espécie de decoração mental, mas que não pode ferir nem ser ferido, não pode provocar cicatrizes nem acelerar o coração, um carinho manso, agradável, inócuo, que parece um adiantamento do monótono amor de Deus. Então olharei para ela e não poderei sentir ciúmes, porque terá passado a época das tormentas. Quando no céu deserto do setentão aparece uma nuvem, já se sabe que é a nuvem da morte. Esta deve ser a frase mais piegas, mais ridícula, que deixei cair sobre o diário. A mais verdadeira, talvez. Por que será que o verdadeiro é sempre um pouco piegas? Os pensamentos servem para edificar o digno sem evasiva, o estóico sem claudicação, o equilíbrio sem reservas, mas as evasivas, as claudicações, as reservas estão agarradas à realidade e, quando chegamos ali, elas nos desarmam e nos afrouxam. Quanto mais dignos sejam os propósitos a cumprir, mais ridículos parecem os propósitos não cumpridos. Olharei para ela e não poderei sentir ciúmes de ninguém; somente ciúmes de mim mesmo, ciúmes deste indivíduo de hoje que sente ciúmes de todos. Saí com Avellaneda e meus cinqüenta anos, passeei em sua companhia e na deles ao longo da Dieciocho. Quis que me vissem com ela. Creio que não cruzei com ninguém do escritório. Em contrapartida, me viram a mulher de Vignale, um amigo de Jaime, dois parentes dela. Ademais (que terrível ademais!), na Dieciocho com a Yaguarón, cruzei com a mãe de Isabel. É incrível: passaram-se anos e anos pelo meu rosto e pelo dela, e, no entanto, quando a vejo, meu coração segue tendo sobressaltos; na realidade, algo mais que um sobressalto, uma pontada de raiva e impotência. Uma mulher invencível, tão admiravelmente invencível que só lhe resta tirar o chapéu. Cumprimentou-me, com a mesma reticência agressiva de vinte anos atrás, e depois olhou Avellaneda literalmente dos pés à cabeça, um olhar a um só tempo de diagnóstico e condenação. Avellaneda percebeu a animosidade, me apertou o braço e perguntou quem era. "Minha sogra", eu disse. E é certo: minha primeira e única sogra. Porque ainda que eu me casasse com Avellaneda, ainda que eu nunca tivesse sido marido de Isabel, esta altíssima, potente, decisiva matrona de setenta anos teria sido sempre e para sempre minha Sogra Universal, inevitável, predestinada, minha Sogra que procede diretamente desse Deus de terror que tomara não exista, mesmo que não seja mais que para me recordar que o mundo é isso, que o mundo também se detém às vezes para nos contemplar, com um olhar que também pode chegar a ser de diagnóstico e condenação.

Segunda-feira, 16 de setembro

Saímos do escritório quase juntos. Mas ela não quis ir ao apartamento. Está resfriada. De modo que fomos até a farmácia e eu lhe comprei um xarope expectorante. Depois tomamos um táxi e a deixei a duas quadras de sua casa. Não quer correr o risco de que o pai saiba. Caminhou uns poucos passos, deu meia-volta e me fez uma alegre saudação com a mão. No fundo, nada disso tem muita importância. Mas no gesto havia familiaridade, havia singeleza. E nesse instante me senti cômodo, tive certeza de que entre mim e ela existe uma comunicação, desamparada talvez, mas tranqüilamente certa.

Terça-feira, 17 de setembro

Avellaneda não veio ao escritório.

Quarta-feira, 18 de setembro

Santini voltou a me fazer confidências. É repugnante e ao mesmo tempo divertido. Diz que a irmã já não vai dançar pelada. Arrumou um namorado.

Avellaneda também não veio hoje. Parece que sua mãe ligou quando eu não estava, de modo que falou com Muñoz. Diz que a filha pegou uma gripe.

Quinta-feira, 19 de setembro

Hoje sim comecei a sentir falta dela. Na seção estiveram falando dela, e de repente a sua ausência se tornou insuportável para mim.

Sexta-feira, 20 de setembro

Avellaneda também não veio hoje. Esta tarde estive no apartamento e em cinco minutos tudo se esclareceu para mim. Em cinco minutos se foram todos os meus escrúpulos: vou me casar. Mais forte do que todos os argumentos que eu me vinha fazendo, mais forte do que todas as conversas com ela, mais forte do que tudo isso é a força de sua ausência. Como me acostumei com ela, meu Deus, com sua presença.

Sábado, 21 de setembro

Confessei-o à Blanca e a deixei feliz. Tenho que dizê-lo a Avellaneda, tenho que dizê-lo porque agora sim encontrei toda a força, toda a convicção. Mas também hoje não apareceu.

Domingo, 22 de setembro

Não poderia me enviar um telegrama? Proibiu-me de ir à sua casa, mas se amanhã não aparecer, arranjarei, de qualquer maneira, um pretexto para visitá-la.

Segunda-feira, 23 de setembro

Meu Deus. Meu Deus. Meu Deus. Meu Deus. Meu Deus. Meu Deus. Meu Deus.

Sexta-feira, 17 de janeiro

Faz quase quatro meses que não anoto nada. Faltou-me coragem para dar conta do dia 23 de setembro.

Naquele dia, às três da tarde, tocou o telefone. Rodeado de empregados, formulários, consultas, levantei o fone do gancho. Uma voz masculina disse: "É o senhor Santomé? Escute, aqui quem está falando é um tio da Laura. Uma má notícia, senhor. Uma notícia verdadeiramente má. Laura faleceu esta manhã."

Em um primeiro momento, não quis entender. Laura não era ninguém, não era Avellaneda. "Faleceu", disse a voz do tio. A palavra é nojenta. *Faleceu* significa um trâmite: "Uma má notícia", dissera o tio. O que ele sabe disso? Que sabe de como uma má notícia pode destruir o futuro e o rosto e o tato e o sonho? O que ele sabe, afinal? A única coisa que sabe é dizer: "Faleceu", algo tão insuportavelmente fácil como isso. Com certeza, encolhia os ombros. E isso também era nojento. Foi por isso que fiz algo tão horrível. Com a mão esquerda fiz uma bolinha com a planilha de vendas, com a direta aproximei o fone de minha boca e disse lentamente: "Por que não vai à merda?" Não me lembro bem. Parece que a voz perguntou várias vezes: "O que disse, senhor?", mas eu também disse várias vezes: "Por que não vai à merda?" Então me tomaram o telefone e falaram com o tio. Creio que gritei, bufei, disse bobagens. Mal conseguia respirar. Senti que me abriam o colarinho e afrouxavam a gravata. Houve uma voz desconhecida que disse: "Foi um choque emocional", e outra voz, esta sim conhecida, a de Muñoz, que se pôs a explicar: "Era uma funcionária por quem ele tinha muito apreço". Nessa nebulosa de sons, havia também soluços de Santini, uma explicação bastante vulgar de Robledo sobre o mistério da morte e as convencionais instruções do gerente para que se enviasse uma coroa. Por fim, Sierra e Muñoz conseguiram me enfiar em um táxi e me trouxeram até em casa.

Blanca abriu a porta, assustadíssima, mas Muñoz em seguida a tranqüilizou: "Não se preocupe, senhorita, seu pai está bem. Sabe o que aconteceu? Faleceu uma companheira lá do escritório e ele ficou muito impressionado. E com razão, porque era uma ótima garota." Ele também disse: "Faleceu". Bem, talvez o tio, Muñoz e os outros façam bem em dizer "faleceu", porque isso soa tão ridículo, tão frio, tão distante de Avellaneda, que não pode feri-la, não pode destruí-la.

Então, já instalado em casa, sozinho no meu quarto, quando inclusive a pobre da Blanca retirou-me o consolo de seu silêncio, movi os lábios para dizer: "Morreu. Avellaneda morreu", porque *morreu* é a palavra, *morreu* é a derrocada da vida, *morreu* vem de dentro, traz a verdadeira respiração da dor, *morreu* é o desespero, o nada gélido e total, o abismo puro e simples, o abismo. Então, quando movi os lábios para dizer: "Morreu", então vi minha imunda solidão, o que havia sobrado de mim, que era bem pouco. Com todo o egoísmo de que dispunha, pensei em mim mesmo, no remendado ansioso que agora passava a ser. Mas essa era, ao mesmo tempo, a forma mais generosa de pensar nela, a mais completa de imaginá-la. Porque até o dia 23 de setembro, às três da tarde, eu tinha muito mais de Avellaneda do que de mim. Ela havia começado a entrar em mim, a se converter em mim, como um rio que se mistura demais com o mar e por fim se torna tão salgado quanto o mar. Por isso, quando movia os lábios e dizia: "Morreu", sentia-me atravessado, despojado, vazio, sem valor. Alguém viera e decretara: "Despojem este sujeito de quatro quintas partes de seu ser". E me haviam despojado. O pior de tudo é que esse saldo que agora sou, essa quinta parte de mim mesmo em que me converti, segue tendo consciência, contudo, de sua pequenez, de sua insignificância. Restou-me uma quinta parte de meus bons propósitos, de meus bons projetos, de minhas boas intenções, mas a quinta parte que me restou de minha lucidez é suficiente para eu me dar conta de que isso não serve. A coisa se acabou, simplesmente. Não quis ir à sua casa, não quis vê-la morta, porque era uma vantagem indecorosa. Que eu a visse e ela não. Que eu a tocasse e ela não. Que eu vivesse e ela não. Ela é outra coisa, é o último dia, ali posso tratá-la de igual para igual. É ela descendo do táxi, com o remédio que eu lhe comprara, é ela caminhando alguns passos e dando meia-volta para me dedicar um gesto. Choro e me aferro a ele. Aquele dia escrevi que tinha certeza de que entre mim e ela existia uma comunicação. Mas a segurança existia enquanto ela existia. Agora meus lábios se movem para dizer: "Morreu. Avellaneda morreu", e a segurança se exauriu, a segurança é uma coisa impudica, indecorosa, que não tem nada a fazer aqui. Retornei ao escritório, claro, para que os comentários me atravessassem, me apodrecessem, me fartassem. "A prima me disse que era uma gripe comum, e de repente, paf!, o coração falhou." Integrei-me novamente ao trabalho, resolvi assuntos, despachei consultas, redigi relatórios. Sou verdadeiramente um funcionário exemplar. Às vezes, aproximam-se de mim Muñoz ou Robledo, ou mesmo Santini, e tratam de iniciar uma conversa evocativa com prolegômenos como este: "Pensar que este trabalho era feito por Avellaneda", "Veja, chefe, esta anotação é de Avellaneda". Então eu desvio os olhos e digo: "Bem, o que fazer, é preciso tocar a vida". Os pontos que ganhei em 23 de setembro, perdi-os em dobro. Sei que murmuram que sou um egoísta, um indiferente, que a desgraça alheia não me toca. Não importa que murmurem. Eles estão fora. Fora desse mundo em que estivemos Avellaneda e eu. Fora desse mundo em que agora estou, sozinho como um herói, mas sem nenhuma razão para sentir coragem.

Quarta-feira, 22 de janeiro

Às vezes falo dela com Blanca. Não choro, mão me desespero; falo simplesmente. Sei que ali há um eco. É Blanca quem chora, quem se desespera. Diz que não consegue acreditar em Deus. Que Deus me foi dando e tirando oportunidades, e que ela não sente forças para acreditar em um Deus de crueldade, em um sádico onímodo. No entanto, não me sinto tão cheio de rancor. Em 23 de setembro não escrevi apenas "meu Deus" várias vezes, mas também o pronunciei, também o senti. Pela primeira vez na minha vida, senti que podia dialogar com Ele. Mas no diálogo Deus teve uma parte frouxa, vacilante, como se não estivesse muito seguro de si. Talvez eu tenha estado a ponto de comovê-lo. Tive a sensação, além do mais, de que havia um argumento decisivo, um argumento que estava junto de mim, à minha frente, e que, apesar disso, não podia reconhecer, não podia incorporar à minha alegação. Então, passado esse prazo que Ele me outorgou para que eu o convencesse, passado esse âmago de vacilação e apoucamento, Deus recuperou finalmente suas forças. Deus voltou a ser a todo-poderosa Negação de sempre. Contudo, não posso guardar-lhe rancor, não posso manuseá-lo com meu ódio. Sei que me deu a oportunidade e que eu não soube aproveitá-la. Talvez algum dia possa apanhar esse argumento único, decisivo, mas nesse momento já estarei desgastado de uma forma atroz e este presente mais desgastado ainda. Às vezes penso que, se Deus jogasse limpo, também me teria dado o argumento que devia usar contra Ele. Mas não. Não pode ser. Não quero um Deus que me mantenha, que não se decida a confiar-me a chave para voltar, cedo ou tarde, à minha consciência; não quero um Deus que me dê tudo pronto, como poderia fazer um desses prósperos pais da Rambla, podres de ricos, com seu filhinho mimado e inútil. Certamente que não. Agora as relações entre mim e Deus se esfriaram. Ele sabe que não sou capaz de convencê-lo. Eu sei que Ele é uma solidão distante, à qual não tive nem nunca terei acesso. E assim ficamos, cada um em sua margem, sem nos odiarmos, sem nos amarmos, alheios.

Sexta-feira, 24 de janeiro

Hoje, durante todo o dia, enquanto tomava o café-da-manhã, enquanto trabalhava, enquanto almoçava, enquanto discutia com Muñoz, estive ofuscado por uma só idéia, desdobrada, por sua vez, em várias dúvidas: "O que ela pensou antes de morrer? Que representei para ela nesse instante? Recorreu a mim? Disse meu nome?"

Domingo, 26 de janeiro

Pela primeira vez reli meu Diário, de fevereiro a janeiro. Tenho que buscar todos os Seus Momentos. Ela apareceu no dia 27 de fevereiro. Em 12 de março, anotei: "Quando diz senhor, sempre pestaneja. Não é uma preciosidade. Bem, sorri de modo passável. Alguma coisa já é alguma coisa." Eu escrevi isso, alguma vez cheguei a pensar isso dela. Em 10 de abril: "Avellaneda tem algo que me atrai. Isso é evidente, mas o que é?" Bem, o que era? Ainda não sei. Atraíam-me seus olhos, sua voz, sua cintura, sua boca, suas mãos, seu sorriso, seu cansaço, sua timidez, seu pranto, sua franqueza, sua pena, sua confiança, sua ternura, seu sonho, seu passo, seus suspiros. Mas nenhum desses traços bastava para me atrair compulsiva e totalmente. Cada atrativo se apoiava em outro. Ela me atraía como um todo, como uma soma insubstituível de atrativos, quem sabe substituíveis. No dia 17 de maio, disse-lhe: "Acho que estou apaixonado por você", e ela me respondera: "Eu já sabia". Sigo me dizendo isso, escuto-a dizendo isso, e todo este presente se torna insuportável. Dois dias depois: "O que estou buscando, com ousadia, é um acordo, uma espécie de convênio entre meu amor e sua liberdade". Ela respondera: "Eu gosto de você". É horrível como doem essas três palavras. Em 7 de junho a beijei e à noite escrevi: "Amanhã pensarei nisso. Agora estou cansado. Também poderia dizer: feliz. Mas me sinto muito alerta para estar totalmente feliz. Alerta diante de mim mesmo, diante da sorte, diante desse único futuro tangível que se chama amanhã. Alerta quer dizer: desconfiado." No entanto, de que me serviu essa desconfiança? Acaso me aproveitei dela para viver mais intensa, mais sôfrega, mais peremptoriamente? É certo que não. Depois adquiri alguma segurança, pensei que tudo ficaria bem se a gente fosse consciente de amar, e de amar com eco, com repercussão. Em 23 de junho me falou de seus pais, da teoria da felicidade criada por sua mãe. Quem sabe eu não devesse substituir a minha inexorável Sogra Universal por essa imagem boa, desta mulher que entende, que perdoa. No dia 28, aconteceu o fato mais importante de minha vida. Eu, nada menos que eu, terminei rezando: "Que dure" e, para pressionar Deus, bati na madeira. Mas ficou demonstrado que Deus era incorruptível. Ainda no dia 6 de julho, permiti-me anotar: "De repente, tive consciência de que esse momento, de que esse pedaço de cotidianidade, era o grau máximo do bem-estar, era a Felicidade", mas em seguida eu mesmo me dei umas bofetadas para me manter alerta: "Estou certo de que o cume dura apenas um segundo, um breve segundo, uma centelha instantânea, e sem direito a prorrogação". No entanto, escrevi aquilo de modo fajuto, agora eu sei. Porque no fundo eu tinha fé de que houvesse prorrogações, de que o cume não se restringisse a um só instante, mas que se tratasse de um longo e interminável planalto. Mas não havia direito a prorrogações, claro que não. Depois escrevi a palavra "Avellaneda", e todos os significados que ela possuía. Agora penso: "Avellaneda" e a palavra significa: "Não está aqui, não estará nunca mais". Não agüento.

Terça-feira, 28 de janeiro

Na caderneta há tantas outras coisas, tantos outros rostos: Vignale, Aníbal, meus filhos, Isabel. Nada disso importa, nada disso existe. Enquanto havia Avellaneda, compreendi melhor a época de Isabel, compreendi melhor a própria Isabel. Mas agora ela já não está aqui, e Isabel desapareceu por trás de uma espessa e escura cortina de abatimento.

Sexta-feira, 31 de janeiro

No escritório, defendo tenazmente minha vida (minha morte) essencial, entranhável, profunda. Ninguém sabe o que se passa exatamente comigo. Meu colapso de 23 de setembro foi, para todos, uma compreensível comoção e nada mais. Agora já se fala menos de Avellaneda e eu não puxo o assunto. Eu a defendo com minhas poucas forças.

Segunda-feira, 3 de fevereiro

Ela me dava a mão e então nada mais faltava. Bastava para que eu me sentisse bem acolhido. Mais que beijá-la, mais que dormirmos juntos, mais que qualquer outra coisa, ela me dava a mão e isso era amor.

Quinta-feira, 6 de fevereiro

A idéia me veio na noite passada e hoje a levei a cabo. Às cinco, escapei do escritório. Quando cheguei ao 368 e toquei a campainha, senti uma coceira na garganta e comecei a tossir.

A porta se abriu e eu tossia como um condenado. Era o pai, o mesmo pai das fotos, só que mais velho, mais triste, mais cansado. Tossi mais forte, para sobrepor-me definitivamente à tosse, e consegui perguntar se ele era o alfaiate. Inclinou a cabeça para um dos lados como a indicar que sim: "Bem, gostaria de fazer um traje". Fez-me passar à oficina. "Nunca faça um traje com ele", dissera Avellaneda, "sempre segue as medidas de um mesmo manequim." Ali estava – impávido, burlesco, mutilado – o manequim. Escolhi o tecido, enumerei alguns detalhes, combinei o preço. Então se aproximou da porta do fundo e chamou sem gritar: "Rosa". "Minha mãe sabe que estamos juntos", ela dissera, "minha mãe sabe tudo o que acontece comigo." Neste "estamos juntos", porém, não estavam incluídos meu sobrenome, meu rosto, minha estatura. Para a mãe, esse "estamos juntos" dizia respeito a Avellaneda e um amante sem nome. "Minha mulher", apresentou o pai, "o senhor, como disse que se chamava?" "Morales", menti. "Certo, senhor Morales." Os olhos da mãe tinham uma tristeza penetrante. "Vai fazer um traje." Nenhum dos dois guardava luto. Havia uma amargura sutil, natural. A mãe me sorriu. Tive que olhar para o manequim, porque era superior às minhas forças suportar esse sorriso que havia sido o de Avellaneda. Abriu um caderninho e o pai começou a tomar as minhas medidas, ditando números de dois algarismos. "Você é aqui do bairro? Setenta e cinco." Respondi que mais ou menos. "Pergunto isso porque tenho a impressão de que o senhor não me é estranho. Cinqüenta e quatro." "Bem, moro no centro, mas venho com freqüência para esse lados" "Ah, muito bem. Setenta e nove." Ela anotava automaticamente, olhando para a parede. "A barra da calça sobre o sapato, certo? Um zero sete." Tenho que voltar na próxima quinta-feira para a prova. Havia um livro sobre a mesa: Blavatsky. Ele teve que se ausentar por um momento. A mãe fechou o caderninho e me olhou. "Por que veio fazer um traje com meu marido? Quem foi que lhe recomendou?" "Oh, ninguém em especial. Sabia que morava um alfaiate por aqui e nada mais." Soou tão pouco convincente que me deu vergonha. Ela me olhou outra vez. "Agora trabalha pouco. Desde que morreu minha filha." Não disse *faleceu*. "Ah, claro. E faz muito tempo?" "Quase quatro meses." "Sinto muito, senhora", falei, e eu, que sinto sua morte não como uma dor, mas sim como uma catástrofe, como uma derrocada, como um caos, fui consciente da mentira, porque dizer: "Sinto muito", pronunciar esses pêsames, tão frívolos, tão tardios, era simplesmente espantoso, era quase o mesmo que dizer: "Faleceu". E era espantoso acima de tudo porque eu dizia aquilo para a única pessoa que podia compreender o que eu sentia, que podia compreender a verdade.

Quinta-feira, 13 de fevereiro

Era o dia da prova, mas o alfaiate não estava. O senhor Avellaneda não estava. Disse-me sua esposa quando eu já havia entrado. "Não pôde esperá-lo, mas deixou tudo pronto para que o senhor faça a prova." Foi até a outra peça e voltou com o paletó. Ficou horrível em mim. No fim das contas, confirmou-se que ele fazia os trajes segundo as medidas do manequim. Logo me virei de lado (na realidade, ela foi fazendo com que eu me virasse, com o pretexto de ir colocando os alfinetes e fazer as marcas de giz) e fiquei de frente para uma fotografia de Avellaneda que não estava ali na quinta passada. O golpe foi demasiado repentino, demasiado brutal. A mãe me observava e seus olhos fizeram um bom registro de meu estupor. Então depositou sobre a mesa os alfinetes restantes e o giz, e sorriu tristemente, já segura, antes de me perguntar: "O senhor... é?" Entre as primeiras palavras e a terceira houve um espaço em branco que durou de dois a três segundos, mas esse silêncio bastou para converter a pergunta em algo transparente. Era obrigatório responder. E respondi, sem dizer palavra; com a cabeça, com os olhos, com todo o meu ser disse que sim. A mãe de Avellaneda apoiou uma mão em meu braço ainda sem manga que emergia daquele inábil projeto de tecidos costurados em vão. Depois me tirou lentamente o paletó, depositou-o sobre o manequim. Como lhe caía bem. "O senhor quer saber, não é verdade?" Eu tinha certeza de que não me olhava com rancor, nem vergonha, nem nada que não fosse uma exausta e sofrida piedade. "O senhor a conheceu, o senhor a amou e deve estar atormentado. Sei como se sente. Sente que seu coração é uma coisa enorme que começa no estômago e termina na garganta. Sente-se desgraçado e feliz por se sentir desgraçado. Sei como isso é horrível." Falava como se tivesse se reencontrado com um antigo confidente, mas também falava contaminada por alguma coisa maior que sua dor presente. "Faz vinte anos, perdi alguém. Alguém que era tudo para mim. Mas não o levou a morte. Simplesmente se foi. Do país, da minha vida, sobretudo da minha vida. Essa morte é pior, posso lhe assegurar. Porque fui eu quem pediu para que ele se fosse e até agora nunca consegui me perdoar. Essa morte é pior, porque fiquei aprisionada em meu próprio passado, destruída pelo próprio sacrifício." Passou uma das mãos pela nuca e pensei que ela fosse dizer: "Não sei por que lhe conto estas coisas". Mas em vez disso, acrescentou: "Laura era a última lembrança que me restava dele. Por isso, sinto outra vez que o coração é uma coisa enorme que começa no estômago e termina na garganta. Por isso, sei o que o senhor está passando." Aproximou uma cadeira e se sentou extenuada. Perguntei: "E ela, o que ela sabia disso?" "Nada", respondeu. "Laura não sabia absolutamente nada. Sou a única dona da minha história. Pobre orgulho, não é verdade?" De súbito me lembrei: "E sua teoria da felicidade?" Sorriu, quase indefesa: "Ela também lhe contou isso? Foi uma bela mentira, um conto de fadas para que minha filha não se afogasse, para que minha filha se sentisse viva. Foi o melhor presente que lhe dei. Pobrezinha." Chorava com a cabeça erguida, sem passar a mão pelo rosto, chorava com orgulho. "Mas o senhor quer saber", ela disse. Então me contou sobre os últimos dias, as últimas palavras, os últimos momentos de Avellaneda. Mas isso nunca será anotado. Isso é Meu, incorruptivelmente Meu. Isso estará me esperando à noite, em todas as noites, para quando eu retome o fio de minha insônia e diga: "Amor".

Sexta-feira, 14 de fevereiro

"Eles se amam, tenho certeza", dizia Avellaneda sobre seus pais, "mas não sei se esse é o modo de amar que me atrai."

Sábado, 15 de fevereiro

O amigo de Esteban me telefonou para me avisar que minha aposentadoria está pronta. No dia 1º de março já não irei ao escritório.

Domingo, 16 de fevereiro

Esta manhã fui buscar o traje. O senhor Avellaneda terminava de passá-lo. A fotografia enchia a peça, e não pude deixar de olhá-la. "É minha filha", ele disse, "minha única filha." Não sei o que lhe respondi nem me importa recordar. "Morreu faz pouco." Outra vez escutei a mim mesmo pronunciar: "Sinto muito". "É curioso", acrescentou em seguida, "agora penso que estive distante dela, que nunca lhe demonstrei o quanto ela me era necessária. Desde quando ainda era uma garotinha, fui adiando a grande conversa que eu me prometera ter com ela. Primeiro eu não tinha tempo, depois ela começou a trabalhar e, além disso, sou muito covarde. Fico um pouco assustado, sabe, de me sentir sentimental. O certo é que agora ela já não está mais aqui e eu fiquei com esse peso no peito, com essas palavras não-ditas que poderiam ter sido minha salvação." Por um momento, deixou de falar e contemplou a foto. "Muitas vezes pensei que ela não havia herdado nenhum de meus traços. O senhor reconhece algum?" "No conjunto, tem um quê do senhor", menti. "Pode ser. Mas na alma sim era como eu. Melhor dizendo, como eu fui. Porque agora me sinto vencido, e, quando alguém se deixa vencer, vai se deformando, vai se convertendo em uma grosseira paródia de si mesmo. Veja, a morte da minha filha foi um lance de azar. Do destino ou do médico, não sei bem. Mas tenho certeza de que foi uma má jogada. Se você a tivesse conhecido, entenderia o que quero dizer." Pestanejei umas dez vezes seguidas, mas ele não prestava atenção. "Só por azar se pode liquidar com uma garota dessas. Era (como posso lhe explicar?) um ser limpo e ao mesmo tempo intenso, que sentia simultaneamente um pudor de sua intensidade. Era um encanto. Sempre estive convencido de que não merecia essa filha. A mãe sim a merecia, porque Rosa tem força de caráter, Rosa é capaz de enfrentar o mundo. Mas, para mim, falta capacidade de decisão, falta-me confiança. O senhor já pensou alguma vez no suicídio? Eu sim. Mas nunca poderei. E isso também é uma carência. Porque eu tenho todo o quadro mental e moral do suicida, menos a força necessária para meter uma bala na cabeça. Talvez o segredo resida em que meu cérebro tenha algumas necessidades próprias do coração, e meu coração, algumas esquisitices próprias do cérebro." Outra vez ficou imóvel, desta vez com o ferro de passar erguido, olhando a foto. "Preste atenção nos olhos. Veja como seguem olhando, para além do dia-a-dia, para além da morte. Até parecem olhar para o senhor." A frase ficou solta. Eu fiquei sem alento. Ele ficou sem assunto. "Bem, está pronto", disse, dobrando cuidadosamente a calça, "é um ótimo tecido penteado. Veja como é fácil de passar."

Terça-feira, 18 de fevereiro

Não irei mais ao 368. Na realidade, não posso mais ir.

Quinta-feira, 20 de fevereiro

Faz tempo que não vejo Aníbal. Não sei nada de Jaime. Esteban se limita a conversar comigo sobre temas gerais. Vignale liga para o escritório atrás de mim, mas mando dizer que não estou. Quero ficar sozinho. No máximo, falar com minha filha. E falar de Avellaneda, claro.

Domingo, 23 de fevereiro

Hoje, depois de quatro meses, estive no apartamento. Abri o roupeiro. Ali estava o seu perfume. E isso o que importa? Importa é sua ausência. Em algumas ocasiões, não posso captar os matizes que separam a inércia do desespero.

Segunda-feira, 24 de fevereiro

É evidente que Deus me concedeu um destino escuro. Nem sequer cruel. Simplesmente escuro. É evidente que me concedeu uma trégua. A princípio, relutei em acreditar que isso pudesse ser a felicidade. Resisti com todas as minhas forças, depois me dei por vencido e acreditei. Mas não era a felicidade, era apenas uma trégua. Agora estou outra vez metido em meu destino. E é mais escuro do que antes, muito mais.

Terça-feira, 25 de fevereiro

A partir de 1º de março, não seguirei com esta caderneta. O mundo perdeu seu interesse. Não serei eu a registrar esse fato. Há somente um tema sobre o qual posso escrever. Mas não quero.

Quarta-feira, 26 de fevereiro

Como preciso dela. Deus tinha sido minha mais importante carência. Mas preciso mais dela do que de Deus.

Quinta-feira, 27 de fevereiro

No escritório quiseram me fazer uma festa de despedida, mas não aceitei. Para não parecer uma grosseria, arranjei uma desculpa bastante verossímil, baseada em problemas familiares. A verdade é que não posso me imaginar como o insosso motivo de um jantar alegre, ruidoso, com bombardeios de pão e vinho derramado.

Sexta-feira, 28 de fevereiro

Último dia de trabalho. Nada de trabalho, claro. Passei dando apertos de mão, recebendo abraços. Creio que o gerente transbordava de satisfação e que Muñoz estava realmente comovido. Ali ficou minha mesa. Nunca pensei que me importaria tão pouco em me desprender da rotina. As gavetas ficaram vazias. Em uma delas encontrei um carnê de Avellaneda. Ela o havia deixado para que registrássemos o número de sua ficha pessoal. Coloquei-o em meu bolso e aqui está. A foto deve ter uns cinco anos, mas há quatro meses ela era mais linda. Outra coisa que me ficou clara é que a mãe está errada: não me sinto feliz em me sentir desgraçado. Sinto-me simplesmente desgraçado. Terminou-se o escritório. A partir de amanhã e até o dia de minha morte, o tempo estará sob minhas ordens. Depois de tanta espera, isto é o ócio. O que farei com ele?

Montevidéu, janeiro a maio de 1959.

Coleção **L&PM** POCKET

1.**Catálogo geral da Coleção**
2.**Poesias** – Fernando Pessoa
3.**O livro dos sonetos** – org. Sergio Faraco
4.**Hamlet** – Shakespeare / trad. Millôr
5.**Isadora, frag. autobiográficos** – Isadora Duncan
6.**Histórias sicilianas** – G. Lampedusa
7.**O relato de Arthur Gordon Pym** – Edgar A. Poe
8.**A mulher mais linda da cidade** – Bukowski
9.**O fim de Montezuma** – Hernan Cortez
10.**A ninfomania** – D. T. Bienville
11.**As aventuras de Robinson Crusoé** – D. Defoe
12.**Histórias de amor** – A. Bioy Casares
13.**Armadilha mortal** – Roberto Arlt
14.**Contos de fantasmas** – Daniel Defoe
15.**Os pintores cubistas** – G. Apollinaire
16.**A morte de Ivan Ilitch** – L.Tolstói
17.**A desobediência civil** – D. H. Thoreau
18.**Liberdade, liberdade** – F. Rangel e M. Fernandes
19.**Cem sonetos de amor** – Pablo Neruda
20.**Mulheres** – Eduardo Galeano
21.**Cartas a Théo** – Van Gogh
22.**Don Juan** – Molière / Trad. Millôr Fernandes
24.**Horla** – Guy de Maupassant
25.**O caso de Charles Dexter Ward** – Lovecraft
26.**Vathek** – William Beckford
27.**Hai-Kais** – Millôr Fernandes
28.**Adeus, minha adorada** – Raymond Chandler
29.**Cartas portuguesas** – Mariana Alcoforado
30.**A mensageira das violetas** – Florbela Espanca
31.**Espumas flutuantes** – Castro Alves
32.**Dom Casmurro** – Machado de Assis
34.**Alves & Cia.** – Eça de Queiroz
35.**Uma temporada no inferno** – A. Rimbaud
36.**A corresp. de Fradique Mendes** – Eça de Queiroz
38.**Antologia poética** – Olavo Bilac
39.**O rei Lear** – Shakespeare
40.**Memórias póstumas de Brás Cubas** – M. de Assis
41.**Que loucura!** – Woody Allen
42.**O duelo** – Casanova
44.**Gentidades** – Darcy Ribeiro
45.**Mem. de um Sarg. de Milícias** – M. A. de Almeida
46.**Os escravos** – Castro Alves
47.**O desejo pego pelo rabo** – Pablo Picasso
48.**Os inimigos** – Máximo Gorki
49.**O colar de veludo** – Alexandre Dumas
50.**Livro dos bichos** – Vários
51.**Quincas Borba** – Machado de Assis
53.**O exército de um homem só** – Moacyr Scliar
54.**Frankenstein** – Mary Shelley
55.**Dom Segundo Sombra** – Ricardo Güiraldes
56.**De vagões e vagabundos** – Jack London
57.**O homem bicentenário** – Isaac Asimov
58.**A viuvinha** – José de Alencar
59.**Livro das cortesãs** – org. de Sergio Faraco
60.**Últimos poemas** – Pablo Neruda
61.**A moreninha** – Joaquim Manuel de Macedo
62.**Cinco minutos** – José de Alencar
63.**Saber envelhecer e a amizade** – Cícero
64.**Enquanto a noite não chega** – J. Guimarães
65.**Tufão** – Joseph Conrad
66.**Aurélia** – Gérard de Nerval
67.**I-Juca-Pirama** – Gonçalves Dias
68.**Fábulas** – Esopo
69.**Teresa Filósofa** – Anônimo do Séc. XVIII
70.**Avent. inéditas de Sherlock Holmes** – A. C. Doyle
71.**Quintana de bolso** – Mario Quintana
72.**Antes e depois** – Paul Gauguin
73.**A morte de Olivier Bécaille** – Émile Zola
74.**Iracema** – José de Alencar
75.**Iaiá Garcia** – Machado de Assis
76.**Utopia** – Tomás Morus
77.**Sonetos para amar o amor** – Camões
78.**Carmem** – Prosper Mérimée
79.**Senhora** – José de Alencar
80.**Hagar, o horrível 1** – Dik Browne
81.**O coração das trevas** – Joseph Conrad
82.**Um estudo em vermelho** – Arthur Conan Doyle
83.**Todos os sonetos** – Augusto dos Anjos
84.**A propriedade é um roubo** – P.-J. Proudhon
85.**Drácula** – Bram Stoker
86.**O marido complacente** – Sade
87.**De profundis** – Oscar Wilde
88.**Sem plumas** – Woody Allen
89.**Os bruzundangas** – Lima Barreto
90.**O cão dos Baskervilles** – Arthur Conan Doyle
91.**Paraísos artificiais** – Charles Baudelaire
92.**Cândido, ou o otimismo** – Voltaire
93.**Triste fim de Policarpo Quaresma** – Lima Barreto
94.**Amor de perdição** – Camilo Castelo Branco
95.**A megera domada** – Shakespeare / trad. Millôr
96.**O mulato** – Aluísio Azevedo
97.**O alienista** – Machado de Assis
98.**O livro dos sonhos** – Jack Kerouac
99.**Noite na taverna** – Álvares de Azevedo
100.**Aura** – Carlos Fuentes
102.**Contos gauchescos e Lendas do sul** – Simões Lopes Neto
103.**O cortiço** – Aluísio Azevedo
104.**Marília de Dirceu** – T. A. Gonzaga
105.**O Primo Basílio** – Eça de Queiroz
106.**O ateneu** – Raul Pompéia
107.**Um escândalo na Boêmia** – Arthur Conan Doyle
108.**Contos** – Machado de Assis
109.**200 Sonetos** – Luis Vaz de Camões
110.**O príncipe** – Maquiavel
111.**A escrava Isaura** – Bernardo Guimarães
112.**O solteirão nobre** – Conan Doyle
114.**Shakespeare de A a Z** – Shakespeare
115.**A relíquia** – Eça de Queiroz
117.**Livro do corpo** – Vários
118.**Lira dos 20 anos** – Álvares de Azevedo
119.**Esaú e Jacó** – Machado de Assis
120.**A barcarola** – Pablo Neruda
121.**Os conquistadores** – Júlio Verne
122.**Contos breves** – G. Apollinaire
123.**Taipi** – Herman Melville

124.**Livro dos desaforos** – org. de Sergio Faraco
125.**A mão e a luva** – Machado de Assis
126.**Doutor Miragem** – Moacyr Scliar
127.**O penitente** – Isaac B. Singer
128.**Diários da descoberta da América** – C.Colombo
129.**Édipo Rei** – Sófocles
130.**Romeu e Julieta** – Shakespeare
131.**Hollywood** – Charles Bukowski
132.**Billy the Kid** – Pat Garrett
133.**Cuca fundida** – Woody Allen
134.**O jogador** – Dostoiévski
135.**O livro da selva** – Rudyard Kipling
136.**O vale do terror** – Arthur Conan Doyle
137.**Dançar tango em Porto Alegre** – S. Faraco
138.**O gaúcho** – Carlos Reverbel
139.**A volta ao mundo em oitenta dias** – J. Verne
140.**O livro dos esnobes** – W. M. Thackeray
141.**Amor & morte em Poodle Springs** – Raymond Chandler & R. Parker
142.**As aventuras de David Balfour** – Stevenson
143.**Alice no país das maravilhas** – Lewis Carroll
144.**A ressurreição** – Machado de Assis
145.**Inimigos, uma história de amor** – I. Singer
146.**O Guarani** – José de Alencar
147.**A cidade e as serras** – Eça de Queiroz
148.**Eu e outras poesias** – Augusto dos Anjos
149.**A mulher de trinta anos** – Balzac
150.**Pomba enamorada** – Lygia F. Telles
151.**Contos fluminenses** – Machado de Assis
152.**Antes de Adão** – Jack London
153.**Intervalo amoroso** – A.Romano de Sant'Anna
154.**Memorial de Aires** – Machado de Assis
155.**Naufrágios e comentários** – Cabeza de Vaca
156.**Ubirajara** – José de Alencar
157.**Textos anarquistas** – Bakunin
159.**Amor de salvação** – Camilo Castelo Branco
160.**O gaúcho** – José de Alencar
161.**O livro das maravilhas** – Marco Polo
162.**Inocência** – Visconde de Taunay
163.**Helena** – Machado de Assis
164.**Uma estação de amor** – Horácio Quiroga
165.**Poesia reunida** – Martha Medeiros
166.**Memórias de Sherlock Holmes** – Conan Doyle
167.**A vida de Mozart** – Stendhal
168.**O primeiro terço** – Neal Cassady
169.**O mandarim** – Eça de Queiroz
170.**Um espinho de marfim** – Marina Colasanti
171.**A ilustre Casa de Ramires** – Eça de Queiroz
172.**Lucíola** – José de Alencar
173.**Antígona** – Sófocles – trad. Donaldo Schüler
174.**Otelo** – William Shakespeare
175.**Antologia** – Gregório de Matos
176.**A liberdade de imprensa** – Karl Marx
177.**Casa de pensão** – Aluísio Azevedo
178.**São Manuel Bueno, Mártir** – Unamuno
179.**Primaveras** – Casimiro de Abreu
180.**O noviço** – Martins Pena
181.**O sertanejo** – José de Alencar
182.**Eurico, o presbítero** – Alexandre Herculano
183.**O signo dos quatro** – Conan Doyle
184.**Sete anos no Tibet** – Heinrich Harrer
185.**Vagamundo** – Eduardo Galeano
186.**De repente acidentes** – Carl Solomon
187.**As minas de Salomão** – Rider Haggar
188.**Uivo** – Allen Ginsberg
189.**A ciclista solitária** – Conan Doyle
190.**Os seis bustos de Napoleão** – Conan Doyle
191.**Cortejo do divino** – Nelida Piñon
194.**Os crimes do amor** – Marquês de Sade
195.**Besame Mucho** – Mário Prata
196.**Tuareg** – Alberto Vázquez-Figueroa
197.**O longo adeus** – Raymond Chandler
199.**Notas de um velho safado** – C. Bukowski
200.**111 ais** – Dalton Trevisan
201.**O nariz** – Nicolai Gogol
202.**O capote** – Nicolai Gogol
203.**Macbeth** – William Shakespeare
204.**Heráclito** – Donaldo Schüler
205.**Você deve desistir, Osvaldo** – Cyro Martins
206.**Memórias de Garibaldi** – A. Dumas
207.**A arte da guerra** – Sun Tzu
208.**Fragmentos** – Caio Fernando Abreu
209.**Festa no castelo** – Moacyr Scliar
210.**O grande deflorador** – Dalton Trevisan
212.**Homem do princípio ao fim** – Millôr Fernandes
213.**Aline e seus dois namorados** – A. Iturrusgarai
214.**A juba do leão** – Sir Arthur Conan Doyle
215.**Assassino metido a esperto** – R. Chandler
216.**Confissões de um comedor de ópio** – T.De Quincey
217.**Os sofrimentos do jovem Werther** – Goethe
218.**Fedra** – Racine / Trad. Millôr Fernandes
219.**O vampiro de Sussex** – Conan Doyle
220.**Sonho de uma noite de verão** – Shakespeare
221.**Dias e noites de amor e de guerra** – Galeano
222.**O Profeta** – Khalil Gibran
223.**Flávia, cabeça, tronco e membros** – M. Fernandes
224.**Guia da ópera** – Jeanne Suhamy
225.**Macário** – Álvares de Azevedo
226.**Etiqueta na prática** – Celia Ribeiro
227.**Manifesto do partido comunista** – Marx & Engels
228.**Poemas** – Millôr Fernandes
229.**Um inimigo do povo** – Henrik Ibsen
230.**O paraíso destruído** – Frei B. de las Casas
231.**O gato no escuro** – Josué Guimarães
232.**O mágico de Oz** – L. Frank Baum
233.**Armas no Cyrano's** – Raymond Chandler
234.**Max e os felinos** – Moacyr Scliar
235.**Nos céus de Paris** – Alcy Cheuiche
236.**Os bandoleiros** – Schiller
237.**A primeira coisa que eu botei na boca** – Deonísio da Silva
238.**As aventuras de Simbad, o marújo**
239.**O retrato de Dorian Gray** – Oscar Wilde
240.**A carteira de meu tio** – J. Manuel de Macedo
241.**A luneta mágica** – J. Manuel de Macedo
242.**A metamorfose** – Kafka
243.**A flecha de ouro** – Joseph Conrad
244.**A ilha do tesouro** – R. L. Stevenson
245.**Marx - Vida & Obra** – José A. Giannotti
246.**Gênesis**
247.**Unidos para sempre** – Ruth Rendell
248.**A arte de amar** – Ovídio

249.**O sono eterno** – Raymond Chandler
250.**Novas receitas do Anonymus Gourmet** – J.A.P.M.
251.**A nova catacumba** – Arthur Conan Doyle
252.**O dr. Negro** – Arthur Conan Doyle
253.**Os voluntários** – Moacyr Scliar
254.**A bela adormecida** – Irmãos Grimm
255.**O príncipe sapo** – Irmãos Grimm
256.**Confissões** *e* **Memórias** – H. Heine
257.**Viva o Alegrete** – Sergio Faraco
258.**Vou estar esperando** – R. Chandler
259.**A senhora Beate e seu filho** – Schnitzler
260.**O ovo apunhalado** – Caio Fernando Abreu
261.**O ciclo das águas** – Moacyr Scliar
262.**Millôr Definitivo** – Millôr Fernandes
264.**Viagem ao centro da Terra** – Júlio Verne
265.**A dama do lago** – Raymond Chandler
266.**Caninos brancos** – Jack London
267.**O médico e o monstro** – R. L. Stevenson
268.**A tempestade** – William Shakespeare
269.**Assassinatos na rua Morgue** – E. Allan Poe
270.**99 corruíras nanicas** – Dalton Trevisan
271.**Broquéis** – Cruz e Sousa
272.**Mês de cães danados** – Moacyr Scliar
273.**Anarquistas – vol. 1 – A idéia** – G. Woodcock
274.**Anarquistas – vol. 2 – O movimento** – G. Woodcock
275.**Pai e filho, filho e pai** – Moacyr Scliar
276.**As aventuras de Tom Sawyer** – Mark Twain
277.**Muito barulho por nada** – W. Shakespeare
278.**Elogio da loucura** – Erasmo
279.**Autobiografia de Alice B. Toklas** – G. Stein
280.**O chamado da floresta** – J. London
281.**Uma agulha para o diabo** – Ruth Rendell
282.**Verdes vales do fim do mundo** – A. Bivar
283.**Ovelhas negras** – Caio Fernando Abreu
284.**O fantasma de Canterville** – O. Wilde
285.**Receitas de Yayá Ribeiro** – Celia Ribeiro
286.**A galinha degolada** – H. Quiroga
287.**O último adeus de Sherlock Holmes** – A. Conan Doyle
288.**A. Gourmet** ***em*** **Histórias de cama & mesa** – J. A. Pinheiro Machado
289.**Topless** – Martha Medeiros
290.**Mais receitas do Anonymus Gourmet** – J. A. Pinheiro Machado
291.**Origens do discurso democrático** – D. Schüler
292.**Humor politicamente incorreto** – Nani
293.**O teatro do bem e do mal** – E. Galeano
294.**Garibaldi & Manoela** – J. Guimarães
295.**10 dias que abalaram o mundo** – John Reed
296.**Numa fria** – Charles Bukowski
297.**Poesia de Florbela Espanca** vol. 1
298.**Poesia de Florbela Espanca** vol. 2
299.**Escreva certo** – E. Oliveira e M. E. Bernd
300.**O vermelho e o negro** – Stendhal
301.**Ecce homo** – Friedrich Nietzsche
302(7).**Comer bem, sem culpa** – Dr. Fernando Lucchese, A. Gourmet e Iotti
303.**O livro de Cesário Verde** – Cesário Verde
305.**100 receitas de macarrão** – S. Lancellotti
306.**160 receitas de molhos** – S. Lancellotti
307.**100 receitas light** – H. e Â. Tonetto
308.**100 receitas de sobremesas** – Celia Ribeiro
309.**Mais de 100 dicas de churrasco** – Leon Diziekaniak
310.**100 receitas de acompanhamentos** – C. Cabeda
311.**Honra ou vendetta** – S. Lancellotti
312.**A alma do homem sob o socialismo** – Oscar Wilde
313.**Tudo sobre Yôga** – Mestre De Rose
314.**Os varões assinalados** – Tabajara Ruas
315.**Édipo em Colono** – Sófocles
316.**Lisístrata** – Aristófanes / trad. Millôr
317.**Sonhos de Bunker Hill** – John Fante
318.**Os deuses de Raquel** – Moacyr Scliar
319.**O colosso de Marússia** – Henry Miller
320.**As eruditas** – Molière / trad. Millôr
321.**Radicci 1** – Iotti
322.**Os Sete contra Tebas** – Ésquilo
323.**Brasil Terra à vista** – Eduardo Bueno
324.**Radicci 2** – Iotti
325.**Júlio César** – William Shakespeare
326.**A carta de Pero Vaz de Caminha**
327.**Cozinha Clássica** – Sílvio Lancellotti
328.**Madame Bovary** – Gustave Flaubert
329.**Dicionário do viajante insólito** – M. Scliar
330.**O capitão saiu para o almoço...** – Bukowski
331.**A carta roubada** – Edgar Allan Poe
332.**É tarde para saber** – Josué Guimarães
333.**O livro de bolso da Astrologia** – Maggy Harrisonx e Mellina Li
334.**1933 foi um ano ruim** – John Fante
335.**100 receitas de arroz** – Aninha Comas
336.**Guia prático do Português correto – vol. 1** – Cláudio Moreno
337.**Bartleby, o escriturário** – H. Melville
338.**Enterrem meu coração na curva do rio** – Dee Brown
339.**Um conto de Natal** – Charles Dickens
340.**Cozinha sem segredos** – J. A. P. Machado
341.**A dama das Camélias** – A. Dumas Filho
342.**Alimentação saudável** – H. e Â. Tonetto
343.**Continhos galantes** – Dalton Trevisan
344.**A Divina Comédia** – Dante Alighieri
345.**A Dupla Sertanojo** – Santiago
346.**Cavalos do amanhecer** – Mario Arregui
347.**Biografia de Vincent van Gogh por sua cunhada** – Jo van Gogh-Bonger
348.**Radicci 3** – Iotti
349.**Nada de novo no front** – E. M. Remarque
350.**A hora dos assassinos** – Henry Miller
351.**Flush - Memórias de um cão** – Virginia Woolf
352.**A guerra no Bom Fim** – M. Scliar
353(1).**O caso Saint-Fiacre** – Simenon
354(2).**Morte na alta sociedade** – Simenon
355(3).**O cão amarelo** – Simenon
356(4).**Maigret e o homem do banco** – Simenon
357.**As uvas e o vento** – Pablo Neruda
358.**On the road** – Jack Kerouac
359.**O coração amarelo** – Pablo Neruda
360.**Livro das perguntas** – Pablo Neruda
361.**Noite de Reis** – William Shakespeare
362.**Manual de Ecologia** – vol.1 – J. Lutzenberger
363.**O mais longo dos dias** – Cornelius Ryan
364.**Foi bom prá você?** – Nani

365.**Crepusculário** – Pablo Neruda
366.**A comédia dos erros** – Shakespeare
367(5).**A primeira investigação de Maigret** – Simenon
368(6).**As férias de Maigret** – Simenon
369.**Mate-me por favor (vol.1)** – L. McNeil
370.**Mate-me por favor (vol.2)** – L. McNeil
371.**Carta ao pai** – Kafka
372.**Os vagabundos iluminados** – J. Kerouac
373(7).**O enforcado** – Simenon
374(8).**A fúria de Maigret** – Simenon
375.**Vargas, uma biografia política** – H. Silva
376.**Poesia reunida (vol.1)** – A. R. de Sant'Anna
377.**Poesia reunida (vol.2)** – A. R. de Sant'Anna
378.**Alice no país do espelho** – Lewis Carroll
379.**Residência na Terra 1** – Pablo Neruda
380.**Residência na Terra 2** – Pablo Neruda
381.**Terceira Residência** – Pablo Neruda
382.**O delírio amoroso** – Bocage
383.**Futebol ao sol e à sombra** – E. Galeano
384(9).**O porto das brumas** – Simenon
385(10).**Maigret e seu morto** – Simenon
386.**Radicci 4** – Iotti
387.**Boas maneiras & sucesso nos negócios** – Celia Ribeiro
388.**Uma história Farroupilha** – M. Scliar
389.**Na mesa ninguém envelhece** – J. A. P. Machado
390.**200 receitas inéditas do Anonymus Gourmet** – J. A. Pinheiro Machado
391.**Guia prático do Português correto – vol.2** – Cláudio Moreno
392.**Breviário das terras do Brasil** – Assis Brasil
393.**Cantos Cerimoniais** – Pablo Neruda
394.**Jardim de Inverno** – Pablo Neruda
395.**Antonio e Cleópatra** – William Shakespeare
396.**Tróia** – Cláudio Moreno
397.**Meu tio matou um cara** – Jorge Furtado
398.**O anatomista** – Federico Andahazi
399.**As viagens de Gulliver** – Jonathan Swift
400.**Dom Quixote – v.1** – Miguel de Cervantes
401.**Dom Quixote – v.2** – Miguel de Cervantes
402.**Sozinho no Pólo Norte** – Thomaz Brandolin
403.**Matadouro 5** – Kurt Vonnegut
404.**Delta de Vênus** – Anaïs Nin
405.**O melhor de Hagar 2** – Dik Browne
406.**É grave Doutor?** – Nani
407.**Orai pornô** – Nani
408(11).**Maigret em Nova York** – Simenon
409(12).**O assassino sem rosto** – Simenon
410(13).**O mistério das jóias roubadas** – Simenon
411.**A irmãzinha** – Raymond Chandler
412.**Três contos** – Gustave Flaubert
413.**De ratos e homens** – John Steinbeck
414.**Lazarilho de Tormes** – Anônimo do séc. XVI
415.**Triângulo das águas** – Caio Fernando Abreu
416.**100 receitas de carnes** – Sílvio Lancellotti
417.**Histórias de robôs: vol.1** – org. Isaac Asimov
418.**Histórias de robôs: vol.2** – org. Isaac Asimov
419.**Histórias de robôs: vol.3** – org. Isaac Asimov
420.**O país dos centauros** – Tabajara Ruas
421.**A república de Anita** – Tabajara Ruas
422.**A carga dos lanceiros** – Tabajara Ruas
423.**Um amigo de Kafka** – Isaac Singer
424.**As alegres matronas de Windsor** – Shakespeare
425.**Amor e exílio** – Isaac Bashevis Singer
426.**Use & abuse do seu signo** – Marília Fiorillo e Marylou Simonsen
427.**Pigmaleão** – Bernard Shaw
428.**As fenícias** – Eurípides
429.**Everest** – Thomaz Brandolin
430.**A arte de furtar** – Anônimo do séc. XVI
431.**Billy Bud** – Herman Melville
432.**A rosa separada** – Pablo Neruda
433.**Elegia** – Pablo Neruda
434.**A garota de Cassidy** – David Goodis
435.**Como fazer a guerra: máximas de Napoleão** – Balzac
436.**Poemas escolhidos** – Emily Dickinson
437.**Gracias por el fuego** – Mario Benedetti
438.**O sofá** – Crébillon Fils
439.**O "Martín Fierro"** – Jorge Luis Borges
440.**Trabalhos de amor perdidos** – W. Shakespeare
441.**O melhor de Hagar 3** – Dik Browne
442.**Os Maias (volume1)** – Eça de Queiroz
443.**Os Maias (volume2)** – Eça de Queiroz
444.**Anti-Justine** – Restif de La Bretonne
445.**Juventude** – Joseph Conrad
446.**Contos** – Eça de Queiroz
447.**Janela para a morte** – Raymond Chandler
448.**Um amor de Swann** – Marcel Proust
449.**À paz perpétua** – Immanuel Kant
450.**A conquista do México** – Hernan Cortez
451.**Defeitos escolhidos e 2000** – Pablo Neruda
452.**O casamento do céu e do inferno** – William Blake
453.**A primeira viagem ao redor do mundo** – Antonio Pigafetta
454(14).**Uma sombra na janela** – Simenon
455(15).**A noite da encruzilhada** – Simenon
456(16).**A velha senhora** – Simenon
457.**Sartre** – Annie Cohen-Solal
458.**Discurso do método** – René Descartes
459.**Garfield em grande forma** – Jim Davis
460.**Garfield está de dieta** – Jim Davis
461.**O livro das feras** – Patricia Highsmith
462.**Viajante solitário** – Jack Kerouac
463.**Auto da barca do inferno** – Gil Vicente
464.**O livro vermelho dos pensamentos de Millôr** – Millôr Fernandes
465.**O livro dos abraços** – Eduardo Galeano
466.**Voltaremos!** – José Antonio Pinheiro Machado
467.**Rango** – Edgar Vasques
468(8).**Dieta mediterrânea** – Dr. Fernando Lucchese e José Antonio Pinheiro Machado
469.**Radicci 5** – Iotti
470.**Pequenos pássaros** – Anaïs Nin
471.**Guia prático do Português correto – vol.3** – Cláudio Moreno
472.**Atire no pianista** – David Goodis
473.**Antologia Poética** – García Lorca
474.**Alexandre e César** – Plutarco
475.**Uma espiã na casa do amor** – Anaïs Nin
476.**A gorda do Tiki Bar** – Dalton Trevisan
477.**Garfield um gato de peso** – Jim Davis

478.**Canibais** – David Coimbra

479.**A arte de escrever** – Arthur Schopenhauer

480.**Pinóquio** – Carlo Collodi

481.**Misto-quente** – Charles Bukowski

482.**A lua na sarjeta** – David Goodis

483.**O melhor do Recruta Zero (1)** – Mort Walker

484.**Aline 2** – Adão Iturrusgarai

485.**Sermões do Padre Antonio Vieira**

486.**Garfield numa boa** – Jim Davis

487.**Mensagem** – Fernando Pessoa

488.**Vendeta** ***seguido de*** **A paz conjugal** – Balzac

489.**Poemas de Alberto Caeiro** – Fernando Pessoa

490.**Ferragus** – Honoré de Balzac

491.**A duquesa de Langeais** – Honoré de Balzac

492.**A menina dos olhos de ouro** – Honoré de Balzac

493.**O lírio do vale** – Honoré de Balzac

494(17).**A barcaça da morte** – Simenon

495(18).**As testemunhas rebeldes** – Simenon

496(19).**Um engano de Maigret** – Simenon

497(1).**A noite das bruxas** – Agatha Christie

498(2).**Um passe de mágica** – Agatha Christie

499(3).**Nêmesis** – Agatha Christie

500.**Esboço para uma teoria das emoções** – Sartre

501.**Renda básica de cidadania** – Eduardo Suplicy

502(1).**Pílulas para viver melhor** – Dr. Lucchese

503(2).**Pílulas para prolongar a juventude** – Dr. Lucchese

504(3).**Desembarcando o Diabetes** – Dr. Lucchese

505(4).**Desembarcando o Sedentarismo** – Dr. Fernando Lucchese e Cláudio Castro

506(5).**Desembarcando a Hipertensão** – Dr. Lucchese

507(6).**Desembarcando o Colesterol** – Dr. Fernando Lucchese e Fernanda Lucchese

508.**Estudos de mulher** – Balzac

509.**O terceiro tira** – Flann O'Brien

510.**100 receitas de aves e ovos** – J. A. P. Machado

511.**Garfield em toneladas de diversão** – Jim Davis

512.**Trem-bala** – Martha Medeiros

513.**Os cães ladram** – Truman Capote

514.**O Kama Sutra de Vatsyayana**

515.**O crime do Padre Amaro** – Eça de Queiroz

516.**Odes de Ricardo Reis** – Fernando Pessoa

517.**O inverno da nossa desesperança** – Steinbeck

518.**Piratas do Tietê (1)** – Laerte

519.**Rê Bordosa: do começo ao fim** – Angeli

520.**O Harlem é escuro** – Chester Himes

521.**Café-da-manhã dos campeões** – Kurt Vonnegut

522.**Eugénie Grandet** – Balzac

523.**O último magnata** – F. Scott Fitzgerald

524.**Carol** – Patricia Highsmith

525.**100 receitas de patisseria** – Sílvio Lancellotti

526.**O fator humano** – Graham Greene

527.**Tristessa** – Jack Kerouac

528.**O diamante do tamanho do Ritz** – S. Fitzgerald

529.**As melhores histórias de Sherlock Holmes** – Arthur Conan Doyle

530.**Cartas a um jovem poeta** – Rilke

531(20).**Memórias de Maigret** – Simenon

532(4).**O misterioso sr. Quin** – Agatha Christie

533.**Os analectos** – Confúcio

534(21).**Maigret e os homens de bem** – Simenon

535(22).**O medo de Maigret** – Simenon

536.**Ascensão e queda de César Birotteau** – Balzac

537.**Sexta-feira negra** – David Goodis

538.**Ora bolas – O humor de Mario Quintana** – Juarez Fonseca

539.**Longe daqui aqui mesmo** – Antonio Bivar

540(5).**É fácil matar** – Agatha Christie

541.**O pai Goriot** – Balzac

542.**Brasil, um país do futuro** – Stefan Zweig

543.**O processo** – Kafka

544.**O melhor de Hagar 4** – Dik Browne

545(6).**Por que não pediram a Evans?** – Agatha Christie

546.**Fanny Hill** – John Cleland

547.**O gato por dentro** – William S. Burroughs

548.**Sobre a brevidade da vida** – Sêneca

549.**Geraldão (1)** – Glauco

550.**Piratas do Tietê (2)** – Laerte

551.**Pagando o pato** – Ciça

552.**Garfield de bom humor** – Jim Davis

553.**Conhece o Mário?** – Santiago

554.**Radicci 6** – Iotti

555.**Os subterrâneos** – Jack Kerouac

556(1).**Balzac** – François Taillandier

557(2).**Modigliani** – Christian Parisot

558(3).**Kafka** – Gérard-Georges Lemaire

559(4).**Júlio César** – Joël Schmidt

560.**Receitas da família** – J. A. Pinheiro Machado

561.**Boas maneiras à mesa** – Celia Ribeiro

562(9).**Filhos sadios, pais felizes** – R. Pagnoncelli

563(10).**Fatos & mitos** – Dr. Fernando Lucchese

564.**Ménage à trois** – Paula Taitelbaum

565.**Mulheres!** – David Coimbra

566.**Poemas de Álvaro de Campos** – Fernando Pessoa

567.**Medo e outras histórias** – Stefan Zweig

568.**Snoopy e sua turma (1)** – Schulz

569.**Piadas para sempre (1)** – Visconde da Casa Verde

570.**O alvo móvel** – Ross Macdonald

571.**O melhor do Recruta Zero (2)** – Mort Walker

572.**Um sonho americano** – Norman Mailer

573.**Os broncos também amam** – Angeli

574.**Crônica de um amor louco** – Bukowski

575(5).**Freud** – René Major e Chantal Talagrand

576(6).**Picasso** – Gilles Plazy

577(7).**Gandhi** – Christine Jordis

578.**A tumba** – H. P. Lovecraft

579.**O príncipe e o mendigo** – Mark Twain

580.**Garfield, um charme de gato** – Jim Davis

581.**Ilusões perdidas** – Balzac

582.**Esplendores e misérias das cortesãs** – Balzac

583.**Walter Ego** – Angeli

584.**Striptiras (1)** – Laerte

585.**Fagundes: um puxa-saco de mão cheia** – Laerte

586.**Depois do último trem** – Josué Guimarães

587.**Ricardo III** – Shakespeare

588.**Dona Anja** – Josué Guimarães

589.**24 horas na vida de uma mulher** – Stefan Zweig

590.**O terceiro homem** – Graham Greene

591.**Mulher no escuro** – Dashiell Hammett

592.**No que acredito** – Bertrand Russell

593.**Odisséia (1): Telemaquia** – Homero

594.**O cavalo cego** – Josué Guimarães

5.**Henrique V** – Shakespeare
596.**Fabulário geral do delírio cotidiano** – Bukowski
597.**Tiros na noite 1: A mulher do bandido** – Dashiell Hammett
598.**Snoopy em Feliz Dia dos Namorados! (2)** – Schulz
599.**Mas não se matam cavalos?** – Horace McCoy
600.**Crime e castigo** – Dostoiévski
601(7).**Mistério no Caribe** – Agatha Christie
602.**Odisséia (2): Regresso** – Homero
603.**Piadas para sempre (2)** – Visconde da Casa Verde
604.**À sombra do vulcão** – Malcolm Lowry
605(8).**Kerouac** – Yves Buin
606.**E agora são cinzas** – Angeli
607.**As mil e uma noites** – Paulo Caruso
608.**Um assassino entre nós** – Ruth Rendell
609.**Crack-up** – F. Scott Fitzgerald
610.**Do amor** – Stendhal
611.**Cartas do Yage** – William Burroughs e Allen Ginsberg
612.**Striptiras (2)** – Laerte
613.**Henry & June** – Anaïs Nin
614.**A piscina mortal** – Ross Macdonald
615.**Geraldão (2)** – Glauco
616.**Tempo de delicadeza** – A. R. de Sant'Anna
617.**Tiros na noite 2: Medo de tiro** – Dashiell Hammett
618.**Snoopy em Assim é a vida, Charlie Brown! (3)** – Schulz
619.**1954 – Um tiro no coração** – Hélio Silva
620.**Sobre a inspiração poética (Íon)** e ... – Platão
621.**Garfield e seus amigos** – Jim Davis
622.**Odisséia (3): Ítaca** – Homero
623.**A louca matança** – Chester Himes
624.**Factótum** – Charles Bukowski
625.**Guerra e Paz: volume 1** – Tolstói
626.**Guerra e Paz: volume 2** – Tolstói
627.**Guerra e Paz: volume 3** – Tolstói
628.**Guerra e Paz: volume 4** – Tolstói
629(9).**Shakespeare** – Claude Mourthé
630.**Bem está o que bem acaba** – Shakespeare
631.**O contrato social** – Rousseau
632.**Geração Beat** – Jack Kerouac
633.**Snoopy: É Natal! (4)** – Charles Schulz
634(8).**Testemunha da acusação** – Agatha Christie
635.**Um elefante no caos** – Millôr Fernandes
636.**Guia de leitura (100 autores que você precisa ler)** – Organização de Léa Masina
637.**Pistoleiros também mandam flores** – David Coimbra
638.**O prazer das palavras – vol. 1** – Cláudio Moreno
639.**O prazer das palavras – vol. 2** – Cláudio Moreno
640.**Novíssimo testamento: com Deus e o diabo, a dupla da criação** – Iotti
641.**Literatura Brasileira: modos de usar** – Luís Augusto Fischer
642.**Dicionário de Porto-Alegrês** – Luís A. Fischer
643.**Clô Dias & Noites** – Sérgio Jockymann
644.**Memorial de Isla Negra** – Pablo Neruda
645.**Um homem extraordinário e outras histórias** – Tchekhov
646.**Ana sem terra** – Alcy Cheuiche
647.**Adultérios** – Woody Allen
648.**Playback** – Raymond Chandler
649.**Nosso homem em Havana** – Graham Greene
650.**Dicionário Caldas Aulete de Bolso**
651.**Snoopy: Posso fazer uma pergunta, professora? (5)** – Charles Schulz
652(10).**Luís XVI** – Bernard Vincent
653.**O mercador de Veneza** – Shakespeare
654.**Cancioneiro** – Fernando Pessoa
655.**Non-Stop** – Martha Medeiros
656.**Carpinteiros, levantem bem alto a cumeeira & Seymour, uma apresentação** – J.D.Salinger
657.**Ensaios céticos** – Bertrand Russell
658.**Melhor de Hagar 5** – Dik Browne
659.**Primeiro amor** – Ivan Turguêniev
660.**A trégua** – Mario Benedetti
661.**Um parque de diversões da cabeça** – Lawrence Ferlinghetti
662.**Aprendendo a viver** – Sêneca
663.**Garfield 9** – Jim Davis

GRÁFICA EDITORA
Pallotti
IMAGEM DE QUALIDADE

Santa Maria - RS - Fone/Fax: (55) 3220.4500
www.pallotti.com.br